# Altérations accidentelles

GWENAELLE PONTIVY

# Altérations accidentelles

Nouvelles

© Gwenaelle Pontivy, 2021.

Tous droits de traduction, d'adaptation
et de reproduction interdits.

Édition : BoD – Books on Demand,
12/14 rond-point des Champs-Élysées, 75008 Paris
Impression : BoD - Books on Demand,
Norderstedt, Allemagne

ISBN : 978-2-3222-6730-9
Dépôt légal : Mai 2021

## LA FIN DU MONDE

Benoît ne réagit pas. Karine soupire, se verse un grand verre d'eau et repose la bouteille sur la table avant de tenter d'entrer à nouveau en contact avec son mari.

– Si tu en veux, sers-toi. Je t'en ai proposé deux fois mais tu ne réponds pas.

– Mmm, est ce que Benoît peut produire de mieux, les yeux rivés sur un épais dossier ouvert à côté de son assiette. Ce soir il ne mange pas, il mâche à peine, parcourant les nombreux feuillets du document imprimé qui le captive au point de n'émettre que des borborygmes en réponse à sa femme qu'il n'écoute pas. Il ne remarque pas que Zoé s'agite dans sa chaise haute en face de lui, prête à battre les records de lancer de purée. Ravie à cette nouvelle idée, elle gazouille de joie et plonge ses petits doigts potelés dans son assiette Winnie l'ourson avant d'être arrêtée dans son élan par sa mère qui lâche ses couverts avec un petit cri, se lève d'un bond et lui retire ses munitions. Zoé se met à pleurer, visiblement frustrée. Benoît fronce les sourcils :

– Je ne finirai pas cette présentation à temps avec ce raffut, je ne peux pas me concentrer !

Karine prend la petite dans les bras et rétorque :

– Tu n'as même pas vu qu'elle allait mettre de la nourriture partout ! Vivement qu'elle se fasse, cette présentation, parce que tu n'es plus toi-même depuis qu'on t'en a chargé, ça tourne à l'obsession.

Benoît lève brusquement la tête, l'air renfrogné :

– Tu ne te rends pas compte, c'est un gros travail à fournir et là je ne peux pas me rater, Michel me l'a bien fait comprendre quand il a daigné me parler l'autre jour. Je sens qu'il se comporte différemment envers moi depuis quelques temps. Je l'ai déçu, c'est sûr. La dernière fois l'excuse de la défaillance informatique a pu justifier le fiasco mais je n'ai plus le droit à l'erreur. Les grands pontes seront là, ajoute-t-il en se redressant.

Sa voix s'étrangle tout à coup :

– Je joue non seulement ma promotion mais peut-être aussi mon poste ! On m'a fait confiance, je me dois d'être à la hauteur !

Il ferme son dossier d'un coup sec, l'emporte et quitte la cuisine, laissant Karine consoler Zoé qui enfonce son petit visage dans le cou de sa mère, en quête d'une odeur rassurante.

Benoît entre dans le bureau, ne prend pas la peine de fermer correctement la porte derrière lui. Il n'entend pas le bruit de l'eau qui coule dans la baignoire au fond du couloir, ni les piaillements de Zoé que Karine prépare pour le bain. Le jeune père ne pense qu'à une chose – éviter de se faire licencier. Il s'assoit tout en parcourant ses notes éparpillées sur sa table de travail, se gratte le menton, ôte ses lunettes pour les nettoyer sur son t-shirt, les pose sur le bureau, soupire, se prend la tête entre les mains. Il peut le faire. L'objectif est clair et la gamme de produits sucrés à base d'huile d'olive est prometteuse. Les *bêta-testeurs* n'ont jusque-là émis que peu de réserves dans l'ensemble – sauf pour les biscuits, qualifiés par une goûteuse de bouchées sucrées à la marinade, et dont la recette est manifestement à revoir – les coûts de fabrication respectent le budget alloué. La clientèle cible... La sonnerie du téléphone brise le silence du bureau et Benoît sursaute, attrape le combiné, manque de le faire tomber en voyant le nom de l'appelant sur l'écran lumineux : Patrice Ledoux, son collègue et seul ami dans l'entreprise. Benoît se demande pourquoi il appelle à vingt heures. Il s'est forcément passé quelque chose.

– Allô Ben ? Je ne te dérange pas ? J'espère que je n'ai pas réveillé le...

Benoît n'attend pas la suite pour soulager son inquiétude croissante :

– Patoche ? Tout va bien ?

– Pour l'instant, oui mais ça risque de ne pas durer, c'est pour cette raison que je t'appelle. J'ai bu un verre avec Jeanne cet après-midi et laisse-moi te certifier qu'elle n'a pas usurpé sa réputation de colporteuse de ragots... T'es là ?

Benoît se méfie. Il sent que Patrice ne lui téléphone pas à cette heure pour des on-dit. Il discerne une hésitation dans la voix de son collègue qui ne lui dit rien qui vaille. Il murmure un « oui » et Patrice reprend :

– Ils préparent une charrette, figure-toi. La boîte a décidé de remédier à ses problèmes financiers avant qu'il ne soit trop tard. Et ils n'ont rien trouvé de mieux que de licencier dix personnes...

Benoît n'écoute plus, il a l'impression que le plafond lui tombe sur la tête. Son nom figure-t-il sur la liste noire ? Comment vont-ils s'en sortir, avec un unique salaire ? Karine aura beau multiplier les heures supplémentaires à l'hôpital, cela ne suffira pas à rembourser le crédit de la maison. Elle ne va réussir qu'à s'épuiser et devra cesser de travailler. Que vont-ils devenir alors ? La voix de son ami le ramène au présent :

– ... que des rumeurs, rien d'officiel pour l'instant. Je n'en sais pas davantage mais elle n'a pas entendu parler des cadres.

Peut-être qu'ils vont s'attaquer aux personnels techniques ? Après tout, une bonne machine peut faire leur boulot tandis que nous...

– Nul n'est irremplaçable, tu sais, assène Benoît d'un ton grave. Je suis bien placé pour le savoir.

Il a appris la leçon en passant sa jeunesse dans un foyer frappé par le chômage, les difficultés financières et le sentiment d'échec qui en a inévitablement découlé. Faire les courses avec une calculatrice en main. Parcourir le journal en entourant des petites annonces sans réels débouchés. La morosité ambiante et l'estime de soi qui s'évanouit peu à peu dans le regard de ses parents, désespérés d'à peine subvenir à ses besoins sans pouvoir lui offrir ce qu'il désirait. Ce douloureux enseignement, Benoît ne l'a que trop bien retenu. Son poing libre s'est serré malgré lui.

– De toute façon, on en saura plus bien assez tôt, hein ? Inutile de se faire du mouron maintenant mais je tenais à te prévenir quand même.

– Oui. Merci, c'est gentil.

– On se voit demain ?

– Non, demain je suis en *back-office* à la maison, je dois bosser sur la présentation de l'assortiment Olivette, il ne me reste que quelques jours pour tout préparer.

– Tu vas les clouer sur place ! Par contre, évite la dégustation de gâteaux si tu veux mon avis, ils sont un peu trop... huileux, à ce qu'il paraît...

– C'est un paramètre à ne pas négliger effectivement, j'ai l'intention de le notifier dans mon compte rendu.

L'intonation de Benoît est par réflexe devenue pontifiante et il en éprouve soudain de la gêne. Il abrège la conversation et raccroche, après avoir promis à Patrice de déjeuner avec lui le surlendemain au buffet à volonté du restaurant situé en face de l'entreprise. Dans le silence de la pièce, Benoît a l'impression de sentir son sang pulser à ses tempes. Ce qui n'était jusqu'alors qu'une vague sensation vient de se muer en certitude : sa prestation orale de vendredi prochain conditionnera son avenir professionnel. Désormais il *sait* qu'un échec n'est pas envisageable car cela motiverait son licenciement.

Karine passe la tête dans l'entrebâillement de la porte et s'adresse à son mari, le tirant de ses sombres ruminations :

– Tu n'as pas oublié que tu nous emmènes demain ?

Benoît se frotte la nuque :

– Quand est-ce que tu récupères ta voiture, déjà ?

– Pas avant jeudi. Le garagiste attend une pièce, il m'a appelée ce matin, je t'en ai parlé. Donc je m'occuperai de tout demain matin si tu veux, je pourrai habiller la petite mais il faut que tu me déposes à l'hosto impérativement à huit heures, ensuite tu passes à la crèche et tu reviens me chercher à dix-sept heures trente après avoir récupéré Zoé... Benoît ? Hé ho, tu m'écoutes ?

L'intéressé examine le contenu d'un tiroir en quête de la liste d'ingrédients utilisés dans les recettes Olivette, ne la trouve pas, s'énerve, et fouille encore. Devant l'insistance de son épouse, Benoît répond enfin, sans lever les yeux de sa tâche :

– Ne t'inquiète pas, je gère. Mais c'était plus pratique quand tu étais en congé maternité. Tu as peut-être repris trop tôt, finalement.

– Ben, on en a déjà discuté... Tu sais que je dois retourner travailler, ils ont besoin de moi à l'hôpital. Et puis ça se passe bien pour Zoé à la crèche, ils m'ont affirmé qu'elle était très sociable.

– Mais oui, elle va se faire plein de copains, à six mois.

La remarque sonne plus sarcastique qu'il ne le pensait. Karine lui jette un regard noir que Benoît ne voit pas : il a retrouvé le document qu'il cherchait. Le voyant absorbé dans sa lecture, Karine souffle et abandonne la conversation qu'elle juge stérile. Elle repart vérifier que Zoé s'est bien endormie, apaisée par la ronde tranquille des animaux en feutrine au-dessus de son petit lit à barreaux.

Cinq heures du matin. Benoît fixe les chiffres rouges de son vieux radio-réveil à s'en faire piquer les yeux. Depuis qu'il s'est couché – tard – il a dû s'assoupir trente minutes en tout. Le sommeil le fuit et l'anxiété l'étreint de ses mâchoires implacables. Il respire mal, des paroles, des visages tournent dans sa tête, lui donnant le vertige. Karine et lui n'auraient pas dû s'endetter autant. Elle vient de réintégrer son poste à l'hôpital mais s'il perd son emploi, un simple salaire d'infirmière ne suffira pas à les faire vivre tous les trois. Le crédit de la maison, dont la construction est à peine achevée, ne sera plus honoré, la banque les fera expulser, Karine s'étiolera, Zoé sera malheureuse, leur vie va s'effriter, ils perdront tout... Benoît tressaille, tourne et se retourne dans le lit conjugal, honteux de l'avenir désastreux dont il s'est persuadé. En proie au sentiment cuisant de n'être pas à la hauteur, il soupire, essuie d'un revers de la main la sueur qui mouille son front. Tout dépend de lui. Qu'il le veuille ou non, le bien-être et la sécurité matérielle de celles qu'il aime sont liés à sa réussite... ou son échec. Il ne peut pas se permettre de manquer à ses engagements, l'option est inenvisageable. Il va y arriver, il le faut. Cette présentation se passera bien, ses supérieurs seront satisfaits et la vie pourra continuer telle qu'il la connaît. Benoît se détend, sourit presque dans l'obscurité, puis se fige brusquement. S'il ne convainc pas durant cet exposé qui l'angoisse, que diront Michel, Patrice ou même Beate, la jolie petite secrétaire allemande qui lui lance des regards appuyés depuis quelques temps ? Il se couvrira de ridicule. Il prouvera à ses supérieurs qu'il n'a pas les compétences requises, ni pour son emploi, ni pour mériter d'évoluer vers des responsabilités d'autre importance. Chacun saura qu'il n'a pas su saisir sa chance. Il deviendra un médiocre notoire. Un raté.

Lorsque Karine se lève au petit matin, Benoît est déjà dans la cuisine. Il pose sur elle des yeux cernés avant de reprendre une gorgée de café. Karine ne demande pas à son mari ce qu'il fait déjà debout, elle devine à sa grise mine qu'il n'a pas dormi de la nuit. C'est étrange, il semble exténué et nerveux. Drôle de mélange. Tout ce qu'elle peut lui dire bourdonne à ses oreilles. Il sent qu'elle s'active autour de lui, ses pas s'éloignent ou se rapprochent, elle manipule des portes de placard. Benoît perçoit vaguement la voix de sa femme, sans toutefois s'intéresser à ses paroles. Il repense à la mauvaise nuit qu'il a passée, assailli d'idées désagréables, d'élucubrations qui ne débouchaient sur rien. Lorsqu'il était enfin parvenu à s'assoupir, il avait rêvé de biscuits rances flottant sur un océan d'huile d'olive. Sa propre tête avait émergé de l'épais liquide, le visage déformé par la peur, bouche béante en mal d'air, l'expression du noyé. Il se débattait, s'agrippait aux gâteaux qui se retournaient invariablement dès qu'il essayait d'y grimper se mettre au sec. Il s'était réveillé en nage et n'avait pu refermer l'œil.

Le rire bref de Zoé, entrée dans les bras de sa mère qui lui chatouille le ventre, ne l'émeut pas. Peut-être n'a-t-il même pas remarqué son arrivée. Karine, enjouée, poursuit le monologue adressé à sa fille :

– Tu n'aimes pas te lever si tôt, hein ma chérie ? Ne t'inquiète pas, tu pourras gentiment prolonger ta nuit dans la voiture, ce ne serait pas la première fois !

Zoé se blottit contre sa mère. Celle-ci embrasse bruyamment sa joue rebondie avant de poursuivre :

– Et attention à la climatisation, il n'y a rien de pire pour les rhumes ! Avec ces chaleurs, c'est tentant mais on guérit plus difficilement en cette saison, alors ça traîne... Benoît, tu m'as entendue ?

Il se racle la gorge, elle consulte l'heure et décide, faute de mieux, de prendre cela pour de l'approbation. Karine n'insiste pas ; il est tard, elle doit partir. Elle resserre son étreinte autour de sa fille et sort précipitamment, attrapant son sac et ses clés au passage, enjoignant son époux depuis le bout du couloir à porter le sac à langer parce qu'elle n'a pas assez de mains. Le bruit sourd de la porte d'entrée ouverte à la volée cognant le mur sort Benoît de sa torpeur. Il se lève, délaisse son café, prend les clés de la voiture dans le vide-poche sur la console près de l'entrée et rejoint sa femme qui s'impatiente près de leur Citroën garée sur la parcelle de terre brute parsemée de touffes d'herbe qui tient lieu de jardin. Il se fige, il n'a pas pris le sac à langer, retourne dans la maison, Karine maugrée et câline Zoé un peu trop sèchement pour se calmer elle-même. Benoît réapparaît, presse le pas, ouvre le véhicule à distance et prend place derrière le volant pendant que sa femme assoit confortablement ce qu'ils ont de plus précieux dans le siège bébé. Dans la voiture, la prédiction de Karine ne tarde pas à se réaliser. Bercée par les mouvements du véhicule, la petite ferme bientôt les paupières et poursuit sa nuit avec délices, sucette en bouche, l'air angélique. Sa mère la couve un instant du regard puis se tourne vers Benoît qui conduit en automate.

Personne ne parle, le contact est rompu, Karine s'agace et éteint la radio qui diffuse un extrait du *King Arthur* de Purcell, trop lugubre à son goût. Benoît réfléchit. Encore. Toujours. Il n'est pas loin d'avoir l'Idée, celle qui va lui permettre de se démarquer, d'éviter la déchéance tant redoutée. Le manque de sommeil l'a probablement stimulé, en fin de compte. Il sent qu'il tient quelque chose. S'il y consacre son énergie, s'il triture ses pensées jusqu'à obtenir un cheminement logique, il finira par trouver ce qui coince, il n'en n'est pas loin. *L'huile d'olive est communément associée à...*

— Prends plutôt cette rue-ci, tu te gares en double file, je passerai par les Urgences, ça ira plus vite. N'oublie pas de laisser son doudou à Zoé quand tu la déposeras à la crèche, elle en aura besoin pour sa sieste.

Benoît tourne à droite comme indiqué. Il s'arrête en face de l'entrée des Urgences, dont le gros rectangle rouge est visible depuis l'extrémité de la rue. Karine s'apprête à descendre, non sans une dernière recommandation :

— Tu passes me prendre à dix-sept heures trente, tu te souviens ? Mais avant tu récupères Zoé à la crèche sur le trajet, comme ça je la ferai manger dès notre retour à la maison. À tout à l'heure !

Benoît acquiesce, pas d'inquiétude, mais la portière s'est déjà claquée derrière Karine qui n'aime pas être en retard et s'est élancée vers l'hôpital. Silence. La voiture redémarre et s'engage au ralenti derrière un bus sur lequel un grand panneau publicitaire vante les mérites d'une croisière en Grèce au prix imbattable, dépaysement garanti en cette saison estivale. Benoît avance au pas, tout en fixant l'affiche et ses oliviers en arrière-plan. La Grèce, le régime crétois réputé pour permettre d'espérer une longue vie en santé grâce aux vertus bienfaisantes de l'huile d'olive... *Et si... Mais oui, il faut associer la gamme Olivette à la notion de valeur nutritionnelle !* Le bus change de direction et Benoît accélère, se sent pousser des ailes. Il tient la solution, elle était là depuis le début ! L'acheteur gourmand aura le privilège de s'accorder un plaisir sucré assurément sain grâce à la présence d'huile d'olive dans la friandise qu'il dégustera. Adieu la culpabilité, vive la bonne conscience ! Un consommateur conquis est un client qui achète... Benoît sourit. Il faudra retravailler la formulation mais il s'agit incontestablement d'une thématique à aborder. Sa présentation gagnera en originalité s'il met l'accent sur le lien entre chiffres de fabrication, bilan des *bêta-testeurs* et dimension *marketing*. Non seulement il surprendra l'assistance en avançant des arguments inattendus, mais si sa démonstration fait mouche, il n'est pas exclu qu'on lui offre de participer au volet commercial. En se faisant remarquer avec une synthèse délibérément audacieuse, il augmentera ses chances d'accéder à la promotion tant convoitée. La Citroën se faufile dans les rues, comme gagnée par l'enthousiasme de son conducteur.

Assis à son bureau, dans le calme et la fraîcheur de la maison vide, Benoît s'attèle à présenter l'échantillonnage de sucreries à l'huile sous la forme d'une discussion ouverte et interactive qu'il espère moins rébarbative qu'un discours typique. Il coordonne le fond et la forme pour affûter son propos. Il est décidé à montrer aux autres ses qualités oratoires et son *leadership* en amenant son bilan sous la forme d'une conversation au cours de laquelle il partagera ses déductions avec une telle fluidité que son auditoire ne pourra qu'adhérer à ses conclusions. En griffonnant ses notes, Benoît exulte : il a le sentiment d'avoir inversé la vapeur. Le cercle vicieux du désespoir est devenu vertueux, les idées et les mots coulent littéralement de son stylo. Remotivé, il ne doute plus à présent de son succès. Porté par l'inspiration, il ne prend pas le temps de déjeuner, se contente d'un morceau de fromage dans du pain de mie qu'il grignote dans son bureau sans cesser de travailler. Il aurait préféré de la baguette fraîche et croustillante mais dans la hâte de se remettre au travail il ne s'est pas arrêté à la boulangerie sur le chemin du retour. Son téléphone vibre dans la poche de sa veste posée sur le dossier de sa chaise. Benoît l'ignore, il ne veut pas être dérangé, il a d'ailleurs coupé la sonnerie pour cette raison. Il touche au but, encore un petit effort. L'interlocuteur rappelle, persiste et la vibration continue finit par avoir raison de lui. Autant répondre, expédier l'importun et retrouver sa concentration menacée par ce bruit déplaisant. Benoît palpe ses poches, active l'écran de son téléphone portable. La photo de Karine s'est affichée en appel manqué. Il songe à reposer l'appareil mais celui-ci se remet à vibrer furieusement. Il décroche, masquant mal sa contrariété :

– Oui, ma chérie ?

Karine semble surprise. Pourtant c'est elle qui appelle.

– Ben ? Je suis devant l'hôpital mais je ne te vois pas... Qu'est-ce que tu fabriques ?

– Attends... Quelle heure est-il ?

– Pas loin de dix-huit heures. Tu as une demi-heure de retard !

Il l'a oubliée. Confus, il s'empare de ses clés de voiture et sort en courant du bureau, traverse la maison le téléphone toujours à l'oreille, prêt à dire à son épouse qu'il arrive avant de raccrocher, quand cette dernière poursuit :

– Que se passe-t-il, y a-t-il eu un problème à la crèche ?

À ces mots, Benoît blêmit. Il s'arrête net sur le perron, face à la voiture. Il a fait chaud aujourd'hui, l'herbe rare est jaunie par la chaleur qui a baigné le jardinet tout l'après-midi. Le temps est suspendu. Il éloigne lentement le téléphone de son oreille mais il distingue encore la voix de Karine qui demande comment va leur fille.

Zoé.

Il refuse de croire ce que son esprit lui impose, ce matin il était préoccupé, trop pressé de rentrer chez lui, et elle ne faisait aucun bruit, pas un son – imperceptible présence qu'il n'avait pas l'habitude de conduire seul où que ce soit. Pris d'une violente crampe à l'estomac, il avance vers le véhicule avec l'impression que ce qui l'entoure se détache par morceaux pour s'éparpiller soudain, comme les pièces d'un puzzle en totale désintégration. Le cœur battant à se rompre, Benoît coule un regard horrifié à l'arrière de la voiture garée en plein soleil et lâche le téléphone pour plaquer ses mains impuissantes sur la tôle brûlante dans un hurlement rauque, inhumain, à la vue du poupon au teint cireux sagement installé dans son siège auto, endormi pour toujours dans l'habitacle devenu fournaise.

# ENVIEUSE

Églantine Plumier portait très mal son nom : elle n'était douée ni pour l'art floral ni pour l'écriture. Jeune femme au physique ordinaire, elle ne brillait en rien et sa personnalité sans relief n'attirait jamais l'attention. Elle ne se distinguait pas, que ce soit au travail ou en société – un bien grand mot, compte tenu de ses rares fréquentations.

Consciente de son inconsistance mais incapable d'y remédier, Églantine demeurait discrète, effacée, transparente, selon le principe que l'on ne peut juger ce que l'on ne remarque pas. Puisqu'elle n'attendait rien des autres, elle n'était pas déçue. Depuis des années, elle s'était peu à peu enfermée dans une routine rassurante et ennuyeuse qu'elle n'avait pas le courage de quitter. Une vie sans surprise étant plus facile, le moindre imprévu déstabilisait la jeune femme. Ainsi son emploi du temps variait peu. Le week-end elle faisait ses courses et le ménage, s'octroyant parfois le loisir d'aller au cinéma. Les autres jours elle se bornait à répéter les mêmes gestes sans y réfléchir et, faute de mieux, cette routine lui convenait. Elle se levait à sept heures, se douchait, s'habillait la plupart du temps en tailleur pantalon de couleur sombre, puis avalait deux tartines nappées de confiture avec un bol de café au lait devant la télévision. Elle appréciait particulièrement les successions de vidéos musicales des années quatre-vingt – si l'émission avait le bon goût de diffuser *The Sun Always Shines on TV* du groupe A-ha, la mélodie tournait en boucle dans son esprit jusqu'au soir où elle espérait rêver de Morten Harkett. Ensuite elle se maquillait à peine, moins pour s'embellir que pour se plier aux usages, et sortait de son petit appartement loué dans un pavillon divisé en copropriété afin de se rendre au cabinet juridique où on l'employait comme secrétaire. Régulièrement elle achetait quelque magazine à scandales qu'elle feuilletait dans le bus durant le trajet. En couverture s'étalaient les photographies volées de célébrités saisies dans leur quotidien ou en plein *farniente* à des milliers de kilomètres de là. Églantine s'empressait de découvrir les rumeurs, péripéties galantes et autres prétendus secrets scabreux des riches et des puissants : ce que selon elle ils ne voulaient voir divulgué ni exposé publiquement. En lectrice assidue, elle se gargarisait de ce qu'elle croyait être l'intimité des vedettes. Rien n'échappait à sa curiosité. Se nourrissant d'illusion, elle sondait chaque visage, observait chaque silhouette, parcourait chaque article avec attention en quête de l'imperfection physique, la faiblesse morale, la situation embarrassante qui la conforterait dans l'idée que sa vie à elle, par son authenticité simple, valait mieux que les faux-semblants et les sacrifices qu'impliquait la notoriété. Habitués des hautes sphères où le privilège est la norme, ils avaient l'argent, la célébrité, le pouvoir ; en contrepartie, comme l'attestaient ces revues avides de sensationnel, ils évoluaient non dans un éden mais dans un abîme, affrontant solitude, hypocrisie et humiliation afin de rester en lice pour la gloire. Oui, elle en était persuadée, derrière ces sourires artificiels se tapissaient la tristesse et le sordide – sa propre existence lui semblait moins terne si celles des autres perdaient de leur lustre. Certes, Églantine n'égalait ces femmes ni en beauté ni en charisme mais, se consolait-elle, cela valait aussi pour leurs malheurs. Malgré tout, elle ne pouvait se retenir de contempler la réussite, l'apparence de ces nouveaux souverains. Chaque lundi, perdue dans ses réflexions, elle se prenait à rêver de destins trop grands pour elle. Quelle aurait été sa vie si elle avait fait partie des nantis ? Elle aurait tout obtenu sans effort. Plages privées, suites luxueuses, tables raffinées, toutes les portes se seraient ouvertes devant elle, sur un simple geste de sa part. Elle se serait modelé un corps splendide et un visage parfait, suscitant l'admiration de chacun. Songeuse, elle laissait courir le bout de son index sur le papier glacé et oubliait presque de descendre du bus.

Lorsqu'un matin elle remarqua ses premiers cheveux blancs, elle décida de prendre rendez-vous chez le coiffeur afin de copier la coupe arborée par l'actrice en page douze.

Le bureau ne l'épanouissait pas davantage. Son emploi consistait à se montrer polyvalente, ses capacités devant s'étendre de la multiplication des photocopies à l'organisation de séminaires en passant par la gestion d'agendas. Le cabinet comptait quatre assistantes juridiques totalement interchangeables dont les tâches se complétaient. Aucune des trois autres n'envisageait Églantine comme une relation, encore moins comme une amie, mais elles consentaient à lui adresser la parole, ce qui par ailleurs lui convenait très bien. Elle ne se voyait pas de point commun avec ses femmes et trouvait rarement un sujet de conversation à entretenir avec elles. La première, divorcée, était mère de famille comme la deuxième. La troisième se fiançait en série. Lorsqu'elles ne parlaient pas travail, elles cancanaient et jacassaient, se répandant sur leurs enfants, leur mari, leur maison et d'autres domaines étrangers à Églantine.

Au cours d'une pause déjeuner, elle apprit que sa collègue, la séduisante Tatiana, allait bientôt quitter le cabinet pour assister l'avocat le plus demandé, qui partait s'installer dans sa propre étude. Églantine n'en crut pas ses oreilles. Comment cette grue avait-elle obtenu cette promotion ? Pour sûr avait-elle minaudé et intrigué de sorte que nulle autre n'aurait pu prétendre à un tel avancement. Cette garce de Tatiana, avec son air de ne pas y toucher, sa crinière blonde et ses jupes fendues, avait bien manœuvré en fin de compte ! Églantine se sentait flouée, privée d'une chance qu'elle aussi méritait. Elle rumina sa rancœur toute la semaine avant de se rendre à l'évidence : elle jalousait Tatiana, à qui tout semblait sourire. *Envie*, le mot était lâché. Elle n'avait jamais eu l'âme d'une compétitrice mais ne pouvait se défendre de se comparer à ses collègues. Certains jours elle estimait atteindre aisément leur niveau de compétences, voire les dépasser en sérieux et dévouement, quand elle recevait une marque de satisfaction de la part de ses employeurs. À d'autres moments, lorsque son humeur était en berne, la jeune femme se considérait comme une incapable, inférieure à n'importe qui. Pire, elle ne doutait pas un instant que sa médiocrité soit connue de tous et à cette idée la honte lui cuisait les joues. Elle avait beau s'appliquer, s'efforcer de réduire l'écart, elle gardait l'impression d'être à la traîne, bonne dernière d'une course perdue d'avance. Si les filles du bureau commençaient à utiliser des moyens déloyaux pour parvenir à leurs fins, alors il lui était impossible de lutter. Cette injustice flagrante la vexait profondément. Églantine préférait se convaincre que l'aguichante Tatiana avait été choisie sur des critères esthétiques plutôt qu'intellectuels, pour ne pas admettre que cette promotion résultait de la seule reconnaissance de son efficacité.

Lorsqu'elle résolut de s'investir plus encore dans son travail et peut-être se maquiller davantage, les petites rides qu'elle constata autour de ses yeux la découragèrent aussitôt.

Quelque temps plus tard, tandis qu'elle revenait du bureau, Églantine s'aperçut que la jolie maison située au bout de sa rue avait été vendue. Un fringant jeune couple s'y installa avec leur nourrisson. Elle aimait beaucoup ce pavillon, dont elle appréciait le cachet véritable. Quand elle passait devant, elle glissait toujours un furtif coup d'œil en direction d'une fenêtre dans l'espoir de deviner l'agencement intérieur. Églantine s'imaginait en maîtresse de maison, chinant du mobilier, décorant chaque pièce ou entretenant le jardin, aidée en tout cela par l'homme de sa vie, qui évidemment aurait accepté sa timidité tout comme son manque d'éclat. Cette pensée lui réchauffait le cœur, rendu cassant par les années de célibat. Les nouveaux voisins l'intriguèrent de suite. Ils étaient beaux, souriants, affables et possédaient cette fraîcheur qu'Églantine avait perdue – si elle l'avait jamais eue. Elle les observa longtemps avant que le hasard ne lui fournisse un matin l'occasion de leur parler. Elle partait en promenade quand la jeune maman sortit de chez elle et l'aborda chaleureusement, poussant un landau au creux duquel dormait un chérubin aux poings fermés. Elle se présenta puis entama la conversation, visiblement désireuse d'établir de bons rapports de voisinage. Elle se prénommait Célina et avait mis au monde le petit Enzo quatre mois auparavant. Actuellement en congé parental, elle employait ses moments libres à déballer les cartons et aménager sa nouvelle demeure. Arnaud, son mari, était informaticien et s'organisait afin de passer le plus de temps possible auprès de sa famille. Le bébé gazouilla, les deux femmes se penchèrent sur lui : il fixait sa mère en souriant. Églantine en resta pétrifiée. Ce bonheur tout neuf lui avait éclaté au visage, y gravant trouble et amertume. Elle prit congé poliment et s'éloigna en hâte, fuyant cet aperçu de l'existence dont elle avait toujours rêvé sans toutefois parvenir à la concrétiser. Ces jeunes gens possédaient déjà tout et avaient toute la vie devant eux pour en profiter ; elle en conçut une jalousie qui la rongea longtemps. Elle aurait tout donné pour être à la place de Célina ! Fonder un foyer, voir grandir la chair de sa chair et la guider vers l'avenir, régner sur une belle maison qu'elle remplirait d'amis. Pour ne plus se sentir seule. Être aimée.

Elle réfléchit aux moyens de rencontrer l'homme qui lui faisait tant défaut, ce compagnon qui veillerait sur elle et l'aiderait à supporter le quotidien. Or le jour où son ophtalmologiste lui prescrivit des lunettes, elle grimaça et se dit que la tâche n'en serait que plus ardue.

Églantine recevait rarement des appels téléphoniques. La plupart étaient des erreurs de numérotation, ou des relances publicitaires trop alléchantes pour être réelles. Parce qu'elle figurait dans l'annuaire, Mademoiselle Plumier était souvent la cible d'importuns mercantiles, plus qu'elle ne recevait d'appels d'amis, au nombre insignifiant. Un soir, aux alentours de sept heures, la sonnerie de son téléphone retentit pourtant. Elle décrocha prestement, les mots « Non merci » au bord des lèvres, persuadée qu'on allait encore tenter de lui vendre quelque chose. Une voix masculine enjouée la salua sur un ton familier et lui demanda comment elle se portait. Comprenant à sa réponse hésitante qu'Églantine ne l'avait pas reconnu, l'homme déclina son identité : il s'agissait de Laurent, un ami de jeunesse perdu de vue depuis des années. Pris d'une subite envie de bavarder et ne sachant qui contacter, il lui arrivait de sélectionner un numéro au hasard dans son répertoire, sans même savoir s'il était toujours valable après tout ce temps. L'étonnement céda la place à la curiosité dans l'esprit de son interlocutrice. Puisqu'une coïncidence l'avait placée sur le chemin de cette vieille connaissance, autant en profiter pour passer un bon moment et raviver d'agréables souvenirs. Après plusieurs échanges courtois, elle s'enquit de leur ancien cercle amical, une bande d'adolescents aux aspirations incertaines. Avec un plaisir non dissimulé, Laurent détailla l'évolution de chacun, apparemment ravi de montrer qu'il n'ignorait rien parce qu'il avait gardé le contact – ce que précisément Églantine n'avait pas su faire, par pudeur ou paresse. Elle écoutait cette succession d'histoires inédites, manifestait son intérêt par des « Ah bon ? » et des « Bien sûr ! », alternant surprise et acquiescement. La conversation se prolongea, au cours de laquelle Églantine se délecta d'anecdotes diverses. Puis elle mentionna Sibylle, dont elle se rappelait l'attrait et l'audace. À l'époque elle aurait volontiers échangé sa fade personnalité contre celle de la pétillante lycéenne. Laurent lui apprit que Sibylle s'était mariée à un homme fortuné rencontré au pied de son immeuble, à qui elle avait donné trois magnifiques enfants. Elle se consacrait à sa famille tandis qu'il travaillait comme chef opérateur et s'était établi à Hollywood depuis peu. Par conséquent Sibylle partageait son temps entre la France et les États-Unis. Églantine articula une formule convenue sur le bonheur qu'elle oublia sur-le-champ et déglutit péniblement, la bouche soudain sèche. Mal à l'aise, elle eut un petit rire nerveux et abrégea la discussion. Elle mentit à Laurent en promettant de le rappeler pour aller boire un café ensemble et raccrocha. L'information résonna en elle tel un coup de grisou, lui rappelant combien elle se sentait vide et inconsistante. Sibylle avait réussi partout où elle-même avait échoué. Cette amie, autrefois proche puis délaissée, menait à présent grand train et gravitait autour de gens fascinants dont l'aura lui était bénéfique. Devenue l'épouse influente d'un homme important, elle était probablement demandée et respectée. Églantine ne put s'empêcher de penser que si elle s'était efforcée de préserver cette amitié, aujourd'hui elle aussi prendrait part à ce tourbillon. Saisie de vertige, elle tituba vers le canapé, en proie à une sourde nausée, le cœur cognant dans sa poitrine. Interdite, elle demeura longuement assise là, bien droite, les yeux dans le vague. Un début d'arthrose la tourmentait ; elle se massa l'épaule sans sortir de sa prostration. Son cerveau refusait de fonctionner normalement. Les seules informations qu'il daignait lui communiquer étaient les images syncopées de Sibylle chargée de coûteux bagages dans un aéroport, consultant sa montre de marque dans un taxi, pénétrant dans un appartement à la vue imprenable ou devisant avec des célébrités, rompue aux mondanités, aux coupes de champagne et aux robes de soirée. Un élancement dans le poignet la ramena bientôt à la réalité. Il lui faisait mal et la douleur, lancinante, s'étendait aux phalanges. Églantine baissa les yeux, tendit la main afin de l'observer : les articulations étaient enflées, les doigts déformés, la peau parcheminée. Elle soupira, fronça les sourcils. En y réfléchissant, elle se rendit compte que cela faisait longtemps qu'elle souffrait de ses rhumatismes ; elle avait même été soulagée d'arrêter de travailler. À quand cela remontait-il ? Des semaines ? Non. Plusieurs années... déjà.

Elle effleura son visage, celui d'une femme âgée. La mémoire lui revint progressivement, féroce, ainsi qu'un âpre sentiment de gâchis. Elle prit conscience qu'elle n'avait rien accompli et frémit à l'idée de ces décennies passées dans l'ombre, en marge des événements, à scruter ceux qui, contrairement à elle, osaient saisir les opportunités, provoquer la chance. Églantine s'était tant repue de ce spectacle qu'elle n'avait pas éprouvé le besoin d'entrer dans la ronde à son tour. Trop occupée à envier autrui, à fantasmer le sort de chacun, elle avait perdu la notion du temps au point d'oublier l'essentiel. Elle s'était égarée, ratant sa vie comme on manque le train. Elle n'avait que trop négligé de vivre et à présent il était trop tard. Le long de ses joues flétries coulèrent de chaudes larmes que rien ne pouvait tarir.

CARPE MORTEM

Au cours d'une existence, il arrive que certains jours débutent comme un rêve et finissent dans un cauchemar. Stanislas vécut l'une de ces journées au printemps.

Lorsqu'il s'éveilla, la lumière s'infiltrait déjà entre les volets. Il n'avait pas plus envie de se lever que d'aller travailler. Ce à quoi il aspirait ce matin-là se résumait à flâner entre les draps, tenir Aimée contre lui, sentir la chaleur de son corps gracile, le visage au creux de sa chevelure parfumée. Elle respirait paisiblement, les mains glissées sous l'oreiller, la tête tournée de l'autre côté, lèvres entrouvertes ; Stanislas le savait pour l'avoir vue dormir plus d'une fois. Il se rapprocha d'elle, embrassa son épaule. Elle battit des paupières, vérifia l'heure sur le réveil avant de bondir hors du lit dans une exclamation :

– La livraison ! Le réveil n'a pas sonné !

Elle s'engouffra dans la salle de bain. D'abord médusé, Stanislas ne put réprimer un ricanement : il reconnaissait bien là la femme qu'il projetait d'épouser. Aimée pouvait passer sans transition du grave au trivial, ce qui l'amusait beaucoup. Il l'entendit bousculer divers objets dans sa hâte en marmonnant des jurons et guetta sa sortie avec curiosité. Grande et élancée, Aimée attachait souvent ses longs cheveux bruns en un chignon fou d'où s'échappaient quelques mèches qui retombaient sur son harmonieux visage à la peau diaphane. Ses yeux noisette étaient ourlés d'épais cils noirs donnant l'impression qu'elle était constamment maquillée. Quand elle souriait, ses lèvres pleines et sensuelles découvraient une dentition impeccable. Son nez droit et fin complétait ce portrait digne de Quentin de La Tour. Stanislas se demandait parfois si elle avait conscience de sa beauté, mais les regards masculins non dissimulés qu'il apercevait fréquemment sur elle ne trompaient pas : s'il pouvait les voir, elle devait les remarquer aussi. Aimée incarnait le fantasme de nombreux hommes, celui qu'ils peinent tant à rencontrer et auquel ils ne renoncent jamais totalement. Une jolie fille, rieuse et attentionnée. Loin de s'enorgueillir de partager la vie d'une telle personne, Stanislas s'en effrayait quelquefois. Elle était trop bien pour lui qui détonnait dans leur couple, avec son physique ordinaire et son intelligence qu'il jugeait moyenne. Aimée était brillante et lui ne faisait que ternir son éclat au lieu de le souligner. Il regrettait souvent de ne pas être à la hauteur mais sur un mot de sa compagne, il n'y songeait plus. Stanislas ignorait encore les dangers de l'habitude pour le couple : la défaillance de l'un peut devenir l'obsession de l'autre, qui ne manquera pas de la lui reprocher à la moindre occasion.

Absorbé par sa rêverie, il tressaillit quand elle sortit précipitamment de la salle de bain, les cheveux relevés, vêtue d'une robe de mousseline noire parsemée d'œillets blancs.

– Bon, Stan, je file au magasin, ne m'attends pas ce midi, je t'aime !

Stanislas ouvrit la bouche mais la jeune femme avait déjà disparu. Il était un peu déçu, ayant décidé de mettre à profit sa matinée libre d'obligation pour préparer un délicieux repas et surprendre Aimée lors de sa pause déjeuner. Il allait devoir modifier ses plans : il cuisinerait le matin pour le soir, se rendrait au bureau comme prévu l'après-midi et passerait prendre Aimée sur le chemin du retour. Elle était fleuriste et cette profession lui allait à ravir. Passionnée, elle évoluait des heures dans son écrin de senteurs, ramenant parfois le soir du pollen dans ses cheveux et des fragrances entêtantes sur sa peau. La première fois qu'il l'avait vue, elle tendait à une cliente un immense bouquet délicatement arrangé. Les lumières de la boutique dégageaient une douceur qui contrastait avec la froideur de cette soirée de décembre, attirant l'attention du jeune homme. Il l'avait remarquée à travers la vitrine avant de se décider à entrer dans le commerce. Aimée s'affairait parmi les fleurs multicolores, papillonnant d'un vase à l'autre. Quand elle avait levé les yeux vers Stanislas, ils avaient su tous deux qu'ils se plaisaient.

Stanislas cuisina pour sa promise. Il mit ses plats au réfrigérateur et se félicita de n'avoir qu'à les réchauffer le soir, préférant ne pas devoir se lancer dans une fastidieuse confection au retour du travail. De plus, cela lui permettrait de servir le repas rapidement et de ne pas faire attendre Aimée. Il vérifia l'heure d'un coup d'œil sur l'horloge de la cuisine puis alla se doucher. Au moment de s'asseoir dans sa voiture, Stanislas s'aperçut qu'il avait oublié un dossier important à l'appartement. Il remonta en vitesse, pestant sur lui-même de se mettre en retard de la sorte. Il ne pourrait pas traîner au bureau s'il souhaitait se trouver à la fleuristerie pour l'heure de fermeture. Si Aimée partait avant qu'il n'arrive, la surprise serait gâchée. Il travaillait au service comptabilité d'une multinationale et son emploi égalait en austérité ce que celui d'Aimée avait de poétique. Le fossé qui séparait leurs univers n'avait d'ailleurs pas échappé au couple qui le considérait comme un signe de complémentarité.

Aimée agençait plusieurs bouquets commandés à l'occasion d'un baptême. Après avoir sélectionné quelques camélias roses et du feuillage, elle ôta soigneusement les pistils d'une brassée de lys blancs afin d'éviter que leur poudre tenace ne ruine costume ou robe de cérémonie. Puis elle s'empara des fleurs dans le but de les mettre dans l'eau, contourna prestement le comptoir et s'approcha de la vitrine. Dans son élan, elle buta dans le pied d'une table basse en fer et céramique où était posée une lampe à dôme en verre nuagé. De peur de la briser, Aimée eut le réflexe de la retenir mais, ce faisant, lâcha son bouquet et renversa un grand broc dont l'eau se répandit par terre jusqu'au mur. Déplorant sa maladresse, elle soupira et se pencha afin de ramasser les fleurs sans voir que l'eau avait atteint la prise de courant sur laquelle était branchée la lampe. Au contact d'une premier camélia mouillé, la jeune femme ressentit une vive brûlure qui, depuis ses doigts, la transperça jusqu'au cœur. Aimée s'écroula avant de pouvoir comprendre qu'elle s'était électrocutée. Lorsque sa tête heurta le carrelage, elle était déjà morte.

Stanislas arriva deux heures plus tard. Il fut frappé de constater que le magasin, d'habitude bien éclairé, était plongé dans l'obscurité. Il crut d'abord qu'Aimée était partie, or la grille métallique n'était pas baissée. Il tenta de pousser la porte qui s'ouvrit immédiatement. Il pénétra dans le commerce apparemment vide, appela sa fiancée en vain et chercha l'interrupteur, qui ne fonctionna pas : le disjoncteur avait coupé le courant. Dans son esprit, l'inquiétude le disputait à la stupeur. En se retournant il distingua dans la pénombre des escarpins en daim qu'il reconnut de suite. Il se précipita entre les seaux de fleurs et découvrit dans un cri terrifié le corps inanimé de celle qu'il adorait, livide, parmi les pétales jonchant le sol.

Il ne parvenait plus à réfléchir tandis que les décisions à prendre s'accumulaient. Il n'en était simplement pas capable :

Stanislas avait perdu ses moyens en même temps que sa compagne. Il obtint de rester à la morgue pour se recueillir sur la dépouille d'Aimée. Il prit place sur une chaise près de la table glaciale où reposait la femme de sa vie. Il aurait voulu lui parler, aucun son ne sortit de sa bouche ; il aurait voulu la toucher, ses mains refusaient de bouger ; il aurait voulu pleurer, ses yeux hagards ne pouvaient verser une larme. Sous le choc, son être entier le trahissait, défaillait, échouait à exprimer l'indicible, le vide, l'absence. Cette injustice n'avait pas de sens. Aimée ne méritait pas ce sort funeste. Ne tolérant pas son impuissance, il lui fallait trouver une raison à cette tragédie. Bientôt surgit une pensée, sombre, lueur de désespoir qui le hanta. L'accident était sa faute. Il se souvint qu'un soir Aimée lui avait signalé cette prise de courant mal sertie qui bougeait un peu plus à chaque utilisation. Plongé dans le journal, il avait vaguement rétorqué qu'il était inutile de la faire réparer, il s'en chargerait, mais ne l'avait pas fait. Il avait oublié. Comment avait-il pu omettre d'assurer la sécurité de cette femme merveilleuse, qui n'aspirait qu'à demeurer auprès de lui ? Quel homme était-il ? Un égoïste, un négligent, un assassin. Aimée avait payé de sa vie la stupide nonchalance dont il avait fait preuve. Rongé par le remords et la culpabilité, Stanislas se dénigra, se fustigea mentalement au point de se haïr. Il éprouvait le besoin de se raccrocher à quelque chose, maintenant qu'il tenait le responsable, il ne le lâcherait pas. Il aurait dû mourir à sa place. Il ne valait rien, il était indigne de confiance et n'avait pas réussi à protéger ce qu'il avait de plus précieux. Il n'avait songé qu'à lui. Aimée, au contraire, tournée vers les autres, toujours prête à les aider, affable, aurait davantage mérité de vivre que lui, pour tout ce qu'elle pouvait apporter au monde. Le jeune homme sentit les battements de son cœur résonner péniblement en lui, comme autant de coups de poings qui ne cesseraient qu'au moment où, à bout de force, il s'effondrerait. Soudain oppressé, le souffle court, il secoua la tête et se résigna à quitter la pièce, laissant derrière lui cette silhouette qu'il avait tenue tant de fois dans ses bras – pas suffisamment selon lui.

Stanislas n'eut pas le courage de retourner à l'appartement de suite. Oscillant entre effroi et déni, il appréhendait de se retrouver là-bas, où tout lui rappellerait Aimée, de ses objets personnels au repas qu'il lui avait concocté le matin même. Affligé, il erra dans la ville jusqu'à l'aube, pliant sous le poids des souvenirs qui s'amoncelaient comme autant d'images douloureuses de son bonheur perdu. Malgré lui, la vision de ce corps inanimé au masque crayeux troublait ses pensées, parasitait sa mémoire, se superposant à chaque réminiscence d'Aimée vivante. Le jeune homme luttait pour demeurer maître de ses idées ; la brutalité des événements perturbait son âme qui, contrainte par la violence du traumatisme, refusait la moindre forme de réconfort, rejetant les instants joyeux qu'il tâchait de se rappeler. L'atrocité du présent, implacable, se substituait à la caresse du passé, nourrissant le malaise qu'il sentait croître en lui. Gagné par l'épuisement, Stanislas se décida à rentrer chez lui. Il s'exécuta en traînant les pieds, ralenti par la crainte et la fatigue.

Le cœur au bord des lèvres, il entra dans l'immeuble, gravit les escaliers, déverrouilla la porte de ce qui avait été son foyer avant de devenir un tombeau. D'un geste machinal, il déposa ses clefs dans le vide-poche près de l'entrée et se dirigea vers la chambre, en évitant de regarder ailleurs. En passant devant le salon, un léger bruit attira son attention et il tourna la tête : assise sur le canapé, Aimée se frotta les yeux et, posant une main sur le coussin, réprima un bâillement. D'une petite voix, elle lui demanda où il était. Sidéré, le jeune homme ne sut que répondre. Les connexions ne se faisaient plus dans son cerveau. Comment était-ce possible ? Quelques heures auparavant elle gisait sur le métal froid d'une table funéraire, le corps recouvert d'un linceul dont la blancheur contrastait avec la teinte bleutée qu'avait prise son épiderme et il la retrouvait là, fraîche comme au sortir du sommeil, le regard brillant où se lisait son appétit de la vie. Comme avant. Elle était revenue. On la lui avait rendue, effaçant l'horreur de la nuit précédente au profit d'un nouveau départ. Aimée esquissa un sourire interrogateur devant l'ahurissement de son compagnon qui balbutiait son prénom. Au bord des larmes, il se précipita pour l'enlacer si fort qu'elle poussa un petit cri espiègle. D'une main tremblante, il caressa ses cheveux, l'embrassa avec passion et, submergé par l'émotion, il éclata en sanglots, trop heureux de saisir cette inexplicable seconde chance.

L'euphorie passée, Stanislas chercha à comprendre. Il prépara du thé et le couple s'installa dans la cuisine. Il tenta de questionner sa compagne, choisissant ses mots avec précaution afin de ne pas la brusquer. À l'évidence, elle ne se souvenait pas de la soirée de la veille et il ne savait comment aborder le sujet. Aimée s'interrogea sur l'attitude de son fiancé, qui s'était jeté sur elle pour la serrer dans ses bras comme un perdu. Néanmoins elle sentait que quelque chose lui échappait. Elle se rappelait être allée à la boutique où, débordée de travail, elle avait vécu une journée mouvementée. Ensuite elle s'était réveillée sur le canapé. Stanislas lui raconta l'accident puis l'hôpital, en omettant les détails sordides et le fait qu'elle avait été déclarée cliniquement morte. Sans autre explication valable, il conclut à une forme de coma profond que le médecin n'avait su détecter en raison du pouls trop faible d'Aimée, imperceptible sur l'électrocardiographe induit en erreur par le courant qui l'avait traversée. Constatant leur terrible méprise, le personnel médical l'avait renvoyée chez elle, désireux d'oublier cette affaire au plus vite. Ce n'était pas la première fois qu'une personne échappait à la mort dans des circonstances extraordinaires. La mémoire défaillante, probablement à cause du choc, Aimée réfléchit un instant et supposa que l'hôpital l'avait fait raccompagner en taxi alors qu'elle venait juste de reprendre conscience, ce qui l'avait empêchée d'en garder le souvenir. Stanislas accepta cette théorie puisque de toute manière, aucune autre ne lui semblait plausible. Aimée ne toucha pas à la tasse posée devant elle.

Stanislas appela malgré tout l'hôpital le lendemain, après une nuit agitée auprès d'Aimée, qui, elle, avait dormi d'un lourd sommeil paisible. Il ne réussit pas à joindre le docteur de la veille qui avait fini sa garde, mais sur son insistance il put tout de même parler à une femme pressée qui avait relayé son confrère au matin et ne comprenait pas ce qu'on lui voulait. À son ton désagréable, il sut qu'il n'en tirerait rien et renonça. Il passa la journée avec Aimée, qu'il scrutait à la dérobée, perplexe.

Le lendemain il dut retourner travailler. Aimée n'éprouvant pas l'envie de se rendre à la fleuristerie, Stanislas fut contraint de la laisser seule. Elle tint à le rassurer, elle allait se reposer et ne pas sortir de l'appartement. Il apprécia sa prudence et partit en se disant qu'il appellerait toutes les heures pour prendre des nouvelles.

Le temps lui parut long. Il ne se sentait pas efficace et ses collègues s'aperçurent vite de sa distraction inhabituelle, mais ils n'obtinrent que l'excuse éculée du coup de fatigue. Il but davantage de café qu'à l'accoutumée, pour se maintenir éveillé ou se changer les idées, lui-même l'ignorait. Alors qu'il se tenait devant le distributeur de boissons chaudes de l'étage pour la quatrième fois de la matinée, palpant ses poches l'air indécis et pestant de se retrouver à court de pièces, il entendit une voix enjouée derrière lui :

– Plus de monnaie ?

Stanislas se retourna. Un petit porte-monnaie à la main, sa collègue Coralie lui souriait, regard vert pétillant et cascade de cheveux roux bouclés. Il accepta l'aide proposée d'un air gêné, promettant de retourner la faveur à l'occasion. Elle haussa les épaules, et s'il avait déjà vu la secrétaire de direction auparavant, il n'avait encore jamais remarqué cette façon délicate dont elle replaçait sa mèche derrière l'oreille.

En fin d'après-midi, il se hâta de retrouver Aimée. Il lui avait parlé au téléphone une heure avant et l'avait sentie lasse. Il la trouva assise en silence sur le canapé, on eût dit qu'elle l'attendait. La télévision était éteinte, l'avait-elle seulement allumée pour se distraire ? Il n'osait rien dire de crainte qu'elle perçoive son inquiétude. Elle paraissait fatiguée et s'il attribua sa pâleur au contrecoup, il se rendit dans la cuisine afin de vérifier ce qu'elle avait mangé. Les plats qu'il lui avait préparés étaient intacts dans le réfrigérateur où il les avait laissés.

– Qu'as-tu avalé aujourd'hui ? demanda-t-il assez fort pour qu'Aimée l'entende depuis le salon. Elle ne tarda pas à apparaître dans l'encadrement de la porte, pendant que Stanislas ouvrait les portes des placards.

– Rien, répondit-elle d'une petite voix.

– Il faut que tu reprennes des forces, Aimée.

– Mais je n'ai pas eu faim.

– Alors tu vas devoir te forcer. Je vais nous cuisiner quelque chose de consistant.

La jeune femme prit une chaise et contempla son compagnon qui s'activait pour elle. Bientôt, une alléchante odeur de sauce bolognaise emplit la pièce. Stanislas en versa une louche sur des pâtes cuites *al dente* qu'il servit à Aimée et s'installa face à elle. Affamé, il mangea de bon appétit tandis qu'elle se contenta de triturer son assiette malgré l'insistance de son fiancé qui la poussait à se nourrir.

La semaine s'écoula, Aimée ne manifesta pas le besoin de quitter l'appartement. Lorsque Stanislas rentrait du travail, il la découvrait invariablement assise dans le salon, écoutant la *Sonate au clair de lune*. Il connaissait son goût pour la musique classique et Beethoven en particulier mais s'étonnait d'entendre toujours le même morceau. Les sonorités du piano éveillaient en lui une mélancolie qui finit par le mettre mal à l'aise et le vendredi venu, c'est avec appréhension qu'il glissa la clef dans la serrure de la porte d'entrée. Il vit Aimée, ainsi qu'il le redoutait, assise bien droite, les mains sur les genoux, absorbée dans la mélodie qu'elle écoutait, comme chaque jour depuis qu'elle avait ressorti ce disque. Son visage blafard n'exprimait rien jusqu'à ce qu'elle aperçoive Stanislas et qu'elle se mette à sourire. Un sourire lumineux.

Stanislas hésita avant de lui suggérer de l'accompagner dehors. Il espérait qu'Aimée sortirait de sa torpeur en voyant du monde mais elle déclina la proposition. Il songea à ce qui pourrait la détendre et entreprit de lui faire couler un bain moussant. Il dénicha le coffret parfumé qu'il lui avait offert à la Saint Valentin et n'obtint d'Aimée qu'une question incongrue :

– Serais-tu content que j'aille dans la baignoire ?

– Bien sûr, oui... Ça te fera du bien, tu verras.

Désarçonné, il se rendit dans la salle de bain. Aimée le rejoignit, il lui tendit un peignoir et sortit de la pièce en évitant son regard. Le week-end passa tristement.

Le lundi matin, Stanislas se plongea dans le travail pour ne pas songer à Aimée. La peau blême de sa compagne accentuait son air lugubre et son attitude étrange contrastait avec les visages expressifs qu'il croisait en journée. Contrariété, ennui, jubilation, sarcasme... Aimée n'exprimait plus rien, sa fougue coutumière s'était tarie, étouffée sous une plaque de granit. Une soudaine nécessité cruciale de s'entourer l'envahit. Il se rendit au bout du couloir dans l'espoir d'échanger des platitudes et se comporter normalement. En insérant des pièces dans la machine à café, il ne put s'empêcher de souhaiter que Coralie fasse une apparition. À la première gorgée de café brûlant, il entendit la porte d'un bureau s'ouvrir sur l'hilarité d'une femme.

– Bonjour, Stan !

Il salua Coralie qui se dirigeait vers l'ascenseur, plusieurs dossiers sous le bras. Le temps qu'il se décide à l'aborder, les portes de l'ascenseur se refermaient sur elle.

Le soir venu, assis face à Aimée qui touchait du bout de sa fourchette un filet de saumon au beurre citronné, Stanislas tentait de se rappeler la dernière fois qu'il l'avait entendue rire – en vain. D'ailleurs, il ne se souvenait pas de l'avoir vue faire quoi que ce soit de sa propre initiative depuis son retour de l'hôpital, excepté mettre cette foutue sonate en boucle. Tendu, il se leva brusquement de table.

– Je vais faire un tour.

Aimée hocha la tête. Il ne lui proposa pas de l'accompagner.

Il s'éloigna de l'immeuble à grands pas jusqu'au coin de la rue, où il ralentit enfin le rythme. Il prit une longue aspiration ; le désarroi ressenti dans l'appartement s'atténuait. Stanislas poursuivit son chemin, observait les personnes qu'il rencontrait, étudiait leurs actions les plus naturelles, avide d'une banalité qu'il ne vivait plus chez lui. Il faisait nuit noire lorsqu'il se résigna à rentrer auprès d'Aimée. Quand Stanislas se glissa dans le lit, Aimée, déjà couchée, se rapprocha pour se coller contre lui. Il ne bougea pas mais dut se rendre à l'évidence – le contact de ce corps tant de fois étreint avec bonheur ne l'émouvait plus. Quelque chose manquait. Lorsqu'il trouva enfin le sommeil, tournant le dos à sa compagne, il rêva qu'il enfouissait son visage dans une flamboyante chevelure bouclée.

Au petit matin il se réveilla en sursaut, vérifia l'heure sur le radio-réveil dont il coupa l'alarme programmée avant qu'elle ne se déclenche et sortit discrètement du lit. Il se prépara et résolut de partir au travail plus tôt. Le bruit sec de la porte d'entrée, qu'il referma trop brusquement derrière lui, réveilla Aimée.

Stanislas trouva tous les prétextes pour s'absenter de son bureau, si bien qu'il passa le plus gros de sa matinée à naviguer dans les couloirs de l'entreprise, observant autour de lui mine de rien, tendant l'oreille, à l'affût de celle qu'il était décidé à revoir. Son souhait fut exaucé à l'heure du déjeuner. Il bouscula involontairement Coralie au pied de l'escalier qu'il comptait emprunter, la tête tournée pour guetter la porte du bureau de la charmante rousse. Il eut l'air si confus qu'elle ne soupçonna pas qu'il la cherchait. La moue espiègle qu'elle lui adressa eut raison de la timidité de Stanislas, qui trouva le courage d'inviter sa collègue à manger pour « excuser son étourderie ». Coralie éclata de rire mais accepta néanmoins la proposition.

Ils choisirent une brasserie située à un pâté de maison de leurs bureaux et s'y rendirent séparément pour éviter les jaseries. Stanislas arriva le premier, choisit une table discrète d'où il pouvait voir l'entrée du bistrot et faire signe à sa collègue quand elle se présenterait. Il s'installa et fixait la fenêtre, redoutant que l'averse à laquelle il venait d'échapper n'ait découragé Coralie, lorsqu'elle fit son entrée, trempée mais rayonnante. Soulagé, Stanislas la salua de loin et se leva pour l'accueillir. Coralie ôta sa veste puis, prenant place en face du jeune homme, passa rapidement la main dans ses cheveux pour leur redonner du volume. Ses doigts aux ongles vernis étaient longs et fins, elle était coquette, comme Aimée l'était auparavant. À cette idée, Stanislas ferma brièvement les paupières, dans l'espoir de chasser la nervosité qui n'allait pas tarder à se manifester. Heureusement Coralie ne remarqua rien de son trouble. Elle fit signe au serveur qui leur apporta les menus et Stanislas en profita pour se ressaisir.

– Qu'est-ce que tu bois ?

– Un Schweppes.

– Un Schweppes et une limonade, s'il vous plaît.

Le serveur nota la commande, annonça le plat du jour qu'ils choisirent de concert pour s'épargner la lecture du menu, puis s'éloigna. Coralie engagea la conversation :

– C'est une bonne idée de manger tous les deux, ça change...

– Oui, à la cantine on est interrompus en permanence, alors j'ai pensé qu'on pourrait sortir ensemble... enfin, je veux dire...

Coralie émit un petit rire :

– Ne t'inquiète pas, j'ai compris ce que tu veux dire !

Stanislas s'éclaircit la gorge tandis que son interlocutrice poursuivait :

– Et puis là-bas on ne parle que boulot. À croire qu'ils ne savent pas s'arrêter. On n'est pas des machines, il faut bien qu'on se détende un peu, non ? Les collègues avec qui je mange d'habitude sont gentils, mais même quand on rigole, ils sont obsédés par ce qui se passe dans la boîte. Les ragots, qui s'est fâché contre qui, quel service a merdé... Tu parles d'une distraction !

– Effectivement, les conversations tournent toujours autour du même sujet.

Le serveur surgit et déposa leurs boissons sur la table avant de repartir comme il était venu. Stanislas en profita pour orienter la discussion sur Coralie, qu'il brûlait de connaître davantage.

– Sinon, tu aimes aller au musée ?

Ils évoquèrent leurs préférences en matière d'art, se découvrirent un goût mutuel pour le cubisme et se promirent d'aller visiter l'exposition Pablo Picasso à propos de laquelle ils avaient lu d'excellentes critiques. Stanislas appréciait de pouvoir échanger des points de vue et obtenir une véritable réaction de son interlocutrice – non une approbation permanente, aveugle, insipide. Il ignorait si Coralie avait quelqu'un dans sa vie, ils n'abordèrent pas le sujet. De son côté, il ne lui parla pas d'Aimée, que pouvait-il en dire ? Que son attitude avait radicalement changé depuis une vilaine chute dans sa boutique ? Qu'elle lui était devenue une totale étrangère ? Il jugeait inutile de la mentionner de peur d'effaroucher Coralie en donnant l'image d'un séducteur malhonnête. En réalité, Stanislas, esseulé et désorienté, n'espérait rien de plus que sa simple présence parce qu'il voulait changer d'air. Auprès d'Aimée il suffoquait, l'atmosphère était devenue pesante, comme rancie par le quasi mutisme et l'empressement malsain de sa fiancée à vouloir le satisfaire. La spontanéité de Coralie l'attirait comme la flamme d'une bougie captive l'insecte : il ne souffrirait pas s'il gardait ses distances. La ravissante Coralie lui plaisait mais il avait surtout besoin d'être rassuré. Lorsqu'ils quittèrent le restaurant, la pluie avait cessé et le soleil dardait ses rayons entre les nuages.

Au soir, Stanislas ignora Aimée. Il se rendit au salon, éteignit la sempiternelle sonate qu'il ne supportait plus et resta de marbre quand Aimée se leva du canapé pour se blottir contre lui.

– Il faut que tu voies un médecin, Aimée.

Stupéfaite, elle ne réagit pas.

– Cela n'a que trop duré. Tu ne vas pas bien et ça ne semble pas s'arranger. Viens, je t'emmène à l'hôpital.

Aimée écarquilla les yeux et secoua la tête avec vigueur en signe de refus. Á présent elle ne prononçait plus que quelques mots, en de rares occasions.

– D'accord, je comprends que tu n'aies pas envie d'y retourner. On va plutôt consulter un généraliste. J'appelle le docteur Masson.

La jeune femme fit non de l'index d'un air résolu.

– Pas... sortir, articula-t-elle.

– Mais le docteur Masson ne rend pas visite à domicile...

Aimée haussa les épaules. De toute évidence, sa décision était prise, ce qui mit son compagnon hors de lui.

– Donc tu ne veux pas te soigner, c'est ça ? s'exclama-t-il furieux. Tu comptes rester dans cet état combien de temps, exactement ?

Effrayée par cette colère inhabituelle, Aimée eut un mouvement de recul, mais Stanislas n'était plus en mesure de retenir ses mots, dont le flot trop longtemps contenu venait de franchir le barrage du non-dit.

– Depuis ce fameux soir au magasin, tu es… différente. Je ne voulais pas t'en parler mais je finis par croire que ta tête a peut-être cogné plus fort qu'on ne l'a cru, tout ça n'est pas normal. Tu dois avoir des séquelles ou un truc du genre, je ne sais pas… Il faut te soigner !

Ses paroles avaient fini dans un éclat de voix qui résonna dans le silence de l'appartement. Le jeune homme restait hébété d'avoir déversé le fond de sa pensée aussi brutalement, tandis qu'Aimée le fixait d'un air misérable. Stanislas sentit son visage s'empourprer et quitta l'appartement. Il revint une heure plus tard, un bouquet de roses rouges à la main, les fleurs préférées d'Aimée.

– Je suis désolé, murmura-t-il, sincère. Je suis allé trop loin, je ne voulais pas te blesser.

Sa fiancée enroula les bras autour de lui. Il était pardonné. Pour sa part il aurait préféré une scène, des larmes, des reproches, n'importe quoi hormis cette passivité morbide à laquelle il se heurtait et qui le minait chaque jour davantage.

L'exposition leur avait beaucoup plu. En sortant du musée, Coralie s'extasiait encore sur l'évolution de l'artiste entre ses périodes rose et cubiste. Stanislas désigna un bar bondé de l'autre côté de la rue : ils ne pourraient s'y installer faute de place.

– Allons chez moi, ce n'est pas loin, suggéra Coralie. On peut acheter des pâtisseries en chemin et les déguster en parlant de Picasso, ça te dit ?

L'intéressé accepta volontiers, impatient de prolonger ce moment en agréable compagnie. Rien ne le pressait de rentrer à la maison.

L'appartement que louait Coralie était exigu mais bien organisé et décoré avec soin. Sur les murs colorés étaient accrochées des reproductions de tableaux aux teintes vives et des photos de vacances. Intrigué, Stanislas s'attarda sur les visages rieurs, les paysages fabuleux pendant que Coralie préparait le goûter en cuisine, dans un joyeux tintement de vaisselle.

– Cet endroit est à ton image… dit Stanislas en s'attablant à l'invitation de son amie.

– C'est-à-dire ? s'enquit-elle en servant les cafés.

– Énergique, sympa... plaisant à voir.

Leurs regards se croisèrent et Coralie rougit. Un silence s'installa entre eux, chacun épiant la réaction de l'autre. Ce fut Coralie qui prit la parole :

– Sinon, quelle œuvre as-tu préférée dans l'expo ?

Elle croqua avec gourmandise dans un éclair au chocolat tout en poussant l'assiette de pâtisseries vers son interlocuteur pour l'inciter à se servir. Stanislas se gratta le menton puis choisit une tartelette aux fruits.

– J'ai bien aimé la salle où l'on peut voir et comparer l'évolution des autoportraits... Je trouve que se représenter soi-même en dit long sur l'état d'esprit de l'artiste. L'*Autoportrait* de 1901 m'a vraiment frappé.

– Ce tableau est considéré comme le début de la période bleue de Picasso, c'est vrai qu'il dégage quelque chose... de triste.

Stanislas prit un air songeur.

– De la tristesse, oui... Son regard semble... ailleurs.

– Tu as une certaine sensibilité artistique, dis donc.

– Disons que je suis observateur.

L'après-midi touchait à sa fin et Stanislas dut prendre congé. Coralie le raccompagna jusqu'au palier. Au moment de sortir, il se retourna vers son hôte et murmura :

– Il fait bon vivre ici.

Il se pencha vers la jeune femme et l'embrassa tendrement. Épaté par sa propre audace et le fait que Coralie lui rendit son baiser, il partit le cœur léger, la tête dans les étoiles. Il devenait un homme neuf, assailli de sensations que seule une histoire d'amour naissante peut provoquer.

Stanislas renoua avec ce qu'il croyait avoir perdu, son attrait pour les petits miracles du quotidien, l'envie de jouir du moment, le désir de plaire. Tout à la découverte de son nouveau bonheur, il se rendait directement chez Coralie après le travail, ne daignant rentrer chez lui que tard dans la soirée. Il retrouvait Aimée, de plus en plus pâle, le regard éteint. Devenue mutique, elle ne manifestait aucune réprobation. Elle se contentait d'être là et cela paraissait lui suffire, même si son affliction n'avait pas échappé à son concubin qui se détachait maintenant d'elle par lambeaux. Il choisit pourtant d'ignorer l'évidence, comme quelqu'un qui hésite à dire adieu en sachant pertinemment que c'est inévitable.

Les jours, les semaines s'envolèrent. Stanislas passait la plupart de son temps libre chez Coralie, reléguant Aimée au rang de vestige d'un passé amoureux oublié au fond d'un appartement poussiéreux. Un soir où Coralie le pressait une nouvelle fois de rester dormir avec elle, il n'eut ni la volonté ni la force de refuser. Aimée demeura seule cette nuit-là.

Le lendemain, Stanislas prévint Coralie qu'il devait se rendre chez lui pour mettre ses affaires en ordre. La fougue de leur baiser assourdit la honte qu'il éprouvait à l'idée d'avoir abandonné Aimée. Il vécut une journée morose, enfermé dans son bureau, à éviter de consulter la pendule qui le rapprochait de l'heure où il serait face à celle qu'il avait adorée. En fin d'après-midi, il marcha jusqu'à l'appartement, sa détermination croissant à chaque pas. Une fois devant la porte du domicile qu'il allait déserter définitivement, il prit le temps de souffler pour réfléchir à ce qu'il avait prévu de dire, puis entra. Le jour déclinait et des lieux plongés dans le silence et l'obscurité se dégageait une ambiance singulière qui le perturba. Sur ses gardes, il avança jusqu'au salon où il parvint à discerner une silhouette qui se leva soudain du canapé. Stanislas tressauta et actionna l'interrupteur : éblouie par la lumière du plafonnier, Aimée leva une main devant son visage. Le jeune homme éteignit immédiatement et alluma dans le couloir. L'éclairage indirect lui permit de voir la femme qui se tenait devant lui, immobile.

– Aimée ?

Elle baissa la main, révélant ses traits, méconnaissables. En l'absence de Stanislas, Aimée avait dépéri de manière spectaculaire. Son corps, rachitique, paraissait sur le point de se rompre. Sa chevelure rêche comme de l'étoupe était clairsemée, son visage émacié avait viré au grisâtre et ses yeux laiteux s'enfonçaient dans leurs orbites. Stanislas déglutit péniblement.

– Aimée, répéta-t-il d'une voix incertaine. Je m'excuse de ne pas être rentré hier…

Il lui était difficile de soutenir ce regard vide qui ne cillait pas. S'il ne la connaissait pas, il aurait juré qu'elle s'était échappée d'un vieil asile d'aliénés.

– Écoute, je ne peux pas… Il se trouve que…, bredouilla-t-il avant de comprendre qu'il n'arriverait pas à lui asséner la vérité de cette façon.

Incapable de prévoir sa réaction, il la redoutait fortement. Stanislas fit demi-tour et se rendit dans la chambre, Aimée sur les talons. Il extirpa de l'armoire une valise qu'il se mit à remplir dans une succession de gestes vifs, en contournant celle qui assistait impuissante à la conclusion de leur histoire. Lorsqu'il eut terminé, il se dirigea bagage en main jusqu'à la porte d'entrée qu'il ouvrit avant de se retourner vers Aimée.

– Je pars, oui. On ne peut pas continuer, tu es trop... Je... Je n'en peux plus, c'est fini entre nous, voilà. J'ai rencontré une autre femme et je ne t'aime plus. Je suis désolé.

N'espérant pas de réponse, il sortit de l'appartement et s'apprêtait à descendre l'escalier quand un bruit sourd derrière lui le retint. Faisant volte-face, il découvrit, épouvanté, le corps inerte d'Aimée étendu par terre. Il se précipita vers elle mais ne put que constater son décès, qu'elle avait repoussé dans l'unique but de demeurer auprès de l'amour de sa vie.

## PAS UN CHAT

Son corps entier la faisait souffrir. Nina porta la main à son crâne engourdi, grimaça puis tenta de bouger ses membres endoloris. Ils répondirent à peine : avaient-ils subi un traumatisme ? Que s'était-il passé ? Hébétée, elle regarda autour d'elle afin d'identifier les lieux, sans y parvenir. À l'évidence, il s'agissait d'une cave ou d'un débarras. Elle porta la main à son nez : un relent d'ammoniaque lui piquait les narines, comme si la pièce avait été passée au détergent. Les murs étaient gris sale et la lumière du jour ne filtrait qu'au travers d'une lucarne à barreaux. Quelle heure était-il ? Incertaine, Nina opta pour la fin d'après-midi, au vu des rares rayons de soleil qui formaient un halo orangé sur la porte. La porte ! L'adolescente n'avait qu'à la franchir pour quitter la pièce ; une fois à l'extérieur il lui suffirait de chercher de l'aide et rentrer chez elle où ses parents devaient l'attendre avec inquiétude. Elle prit appui sur ses deux mains afin de se relever, sans succès. Étendue sur le dos, elle se retourna puis s'agenouilla et réussit péniblement à se mettre debout. Ses jambes tremblaient mais elle s'appuya au mur et tint bon. Peu à peu, d'une démarche malhabile que sa détermination rendait plus sûre à chaque pas, elle s'approcha de la porte. Nina actionna la poignée : aucun résultat. Prise de panique, la jeune fille insista, s'acharna de toutes ses forces, tapant du poing, hurlant, mais la porte ne céda pas d'un pouce. Exténuée par son effort soudain, l'adolescente s'adossa à la porte. Sur le point de vomir, Nina hoquetait ses sanglots. Elle vacilla sur ses jambes et se laissa glisser au sol. Un instant il lui sembla distinguer de l'autre côté de la porte une mélodie assourdie. Sa migraine redoubla de violence et la jeune fille se prit la tête entre les mains. Il lui fallut du temps pour se calmer, plusieurs minutes ou des heures –

impossible de le savoir. L'épuisement tarit ses pleurs : elle n'avait plus la force de réagir, une anxiété constante lui vrillait l'estomac.

Le jour avait décliné, plongeant dans la pénombre la pièce que seule la lueur de la lune éclairait à présent. Nina se tranquillisa un peu : l'obscurité n'était pas totale. Elle ne comprenait pas ce qu'elle faisait là et redoutait son sort. L'explication la plus logique était qu'elle avait été agressée et enlevée par un maniaque qui ne tarderait pas à revenir achever son crime. En dépit de sa bonne volonté, elle n'arrivait pas à se rappeler ce qui s'était passé. Son dernier souvenir remontait à la sortie du lycée, quand elle bavardait avec ses camarades de classe. Nina s'était ensuite arrêtée à la boulangerie pour acheter sa viennoiserie préférée, un pain aux raisins, vite englouti. Puis, dans un rire tonitruant que seuls les enfants peuvent émettre, elle avait quitté ses amies et emprunté le chemin de la maison. Le prédateur avait dû profiter de son isolement et saisi le moment opportun pour la kidnapper. À en juger par la douleur diffuse qu'elle ressentait toujours, il avait dû jaillir au détour d'un bosquet et la heurter pour qu'elle perde l'équilibre, ou l'assommer par derrière. La jeune fille ne put réprimer un frisson d'angoisse. Qu'allait-il faire d'elle ? Demanderait-il une rançon ? Sa famille n'étant pas particulièrement riche, elle ne menait pas grand train et n'avait donc pu éveiller les convoitises. Nina n'avait que quatorze ans ; elle ne voulait pas mourir, ni subir les assauts d'un pervers. À cette idée, la nausée la reprit de plus belle. Elle avait entendu tant d'histoires ignobles aux informations – cette fois son nom allait rallonger la liste des destins brisés et son corps, si toutefois on le retrouvait, finirait affreusement mutilé quelque part dans la nature. Mais elle ne se laisserait pas assassiner sans rien faire. Elle devait concevoir un moyen de s'échapper avant que son ravisseur ne vienne la chercher.

Elle fit le tour de la pièce : la porte, le vasistas, le mur, un rideau. Nina ne l'avait pas remarqué. Elle s'en approcha, pleine d'appréhension. C'était une épaisse tenture de toile qui se confondait avec les murs. D'une main hésitante, l'adolescente écarta le lourd tissu et aperçut des étagères. Rassurée, elle le tira complètement, faisant crisser les anneaux sur leur barre de métal. Nina tressaillit, se tourna vers la porte, dans l'expectative. Elle eut peur d'attirer le monstre responsable de son enfermement : peut-être vivait-il de l'autre côté de cette porte, dans un banal pavillon de banlieue dont personne ne soupçonnait le répugnant secret. La jeune fille suspendit son souffle un moment puis, face au silence, s'autorisa une expiration soulagée. Son cœur battait si fort qu'elle crut défaillir et elle se concentra sur sa trouvaille pour se calmer. À côté des étagères, elle avisa un lavabo dont les robinets fonctionnaient. Nina détailla du regard le contenu du meuble : des boîtes de conserve, des bocaux, du savon noir, des cartons vides, des torchons, de vieilles couvertures. Il y avait de quoi tenir plusieurs semaines, si toutefois l'occasion de rester en vie lui était offerte. À moins que la garder longtemps ainsi prisonnière ne fut l'exacte intention du sadique ? Ainsi il entretiendrait l'effroi de Nina, en patientant jusqu'à ce que les avis de recherche publiés par ses parents tombent dans l'oubli. Il pourrait ensuite agir plus librement en diminuant les chances qu'avait sa victime d'être secourue. L'adolescente secoua la tête : sa meilleure option se résumait à subsister enterrée dans cette cave. En définitive, elle préférait encore cette situation à l'autre possibilité – la mort, et pas la plus douce. Nina sentit la sueur perler à son front. Elle n'avait pas le choix. Elle devrait se défendre quand l'homme surviendrait pour accomplir son sinistre dessein. Le cœur au bord des lèvres, elle s'aspergea le visage d'eau fraîche. La jeune fille décida qu'elle ne pouvait se permettre de paniquer. Elle comptait bien lutter pour sa vie.

L'aube succéda à la nuit. Nina avait moins mal. Elle s'assit face à la porte et réfléchit. Elle tourna la tête vers la lucarne. Même si elle avait pu se faufiler par là, les barreaux demeuraient un obstacle. Elle voulut tenter sa chance et s'approcha de la fenêtre, l'ouvrit prestement dans l'idée d'appeler au secours. Le champ d'herbes folles qui s'étendait à perte de vue l'en dissuada : personne ne l'entendrait. Elle tira de toutes ses forces sur les deux barres de fer, qui ne bougèrent pas. Son impuissance la décourageait. À cet instant, une sorte de piaillement l'intrigua. Elle songea d'abord à un oiseau mais le son, trop proche, ne correspondait pas. Le cri se répéta plusieurs fois encore, de plus en plus pressant. L'animal tentait de communiquer. Intriguée, la jeune fille chercha à voir qui s'époumonait de cette manière : une tête de chaton apparut timidement. Il semblait aussi perdu et désemparé que Nina. Celle-ci tendit la main avec douceur ; elle ne voulait pas affoler son visiteur. Tandis que l'adolescente effleurait le pelage duveteux, le félin volubile redoubla de miaulements suraigus, acceptant de la rejoindre et lui racontant déjà sa vie. Vu sa taille, il ne devait d'ailleurs pas avoir grand-chose à dire car il était fort jeune. Nina le prit délicatement et le cala contre sa poitrine où il ronronna son bien-être. Cette présence inopinée réconforta Nina plus qu'aucun mot n'aurait su le faire. Quelques minutes auparavant elle se voyait mourir au fond d'un réduit et maintenant elle avait un compagnon, certes d'infortune, mais elle n'était plus seule. Ce corps blotti contre le sien incarnait ce qu'elle craignait de perdre, l'innocence, le partage, la chaleur, la vie. Jamais elle n'aurait imaginé qu'on viendrait la consoler dans sa geôle et des larmes coulèrent le long de ses joues au contact de la fourrure ouatée. Le chaton miaula de nouveau et s'étira pour mieux s'installer, fermant les paupières en signe de confiance. Ils demeurèrent longtemps ainsi, se cajolant mutuellement, avant que l'adolescente fatiguée n'aille se rasseoir contre le mur, son nouvel ami au creux des bras.

Nina portait le chaton comme la créature la plus fragile et précieuse qu'elle ait jamais vue. Elle le berçait tendrement, émerveillée de l'évidente béatitude que manifestait le félin. Pelotonné contre la jeune fille, il pétrit l'avant-bras de Nina tandis qu'elle le caressait du bout des doigts. Il ne devait pas avoir plus de trois mois. D'une blancheur immaculée, son pelage arborait de délicates zébrures beiges sur le dos, la queue et les pattes. Sous son masque gris brun, d'immenses yeux bleus surmontaient un fin museau blanc et une minuscule truffe rose. Peu à peu, le ronron diminua, le pétrissage devint moins appliqué à mesure que le chat s'endormait profondément. L'adolescente sourit pour la première fois depuis sa claustration devant ce tigre blanc miniaturisé.

Elle le regarda dormir, observant chaque détail de l'animal : le flanc qui se soulevait au rythme régulier d'une respiration paisible, les moustaches qui frémissaient parfois en réaction à quelque rêve, la fourrure qui ondulait de temps à autre. Nina lui était reconnaissante d'avoir surgi au pire moment de sa vie. Lorsque le mini fauve s'éveilla, il bailla au ralenti puis s'étira, le regard encore ensommeillé. D'un bond il quitta les bras de la jeune fille et trottina vers la porte, oreilles en avant, sa queue courbée en point d'interrogation. Bien décidé à ce que Nina lui libère le passage, il fixa l'adolescente qui se surprit à lui expliquer faiblement que l'issue était verrouillée. Le chaton poussa un cri voilé de dépit et se dirigea vers les étagères. Nina éprouva un sentiment de honte : elle venait de parler à quelqu'un pour la première fois depuis son arrivée dans sa prison et même s'il ne s'agissait que d'un chat, elle se sentait presque heureuse d'avoir l'occasion de renouer un semblant de contact social. Le chaton captait son attention et, l'espace d'une seconde, sa propre situation eut moins d'importance. Elle était sincèrement désolée de ne pouvoir le satisfaire. Un bruit de papier froissé la tira de ses réflexions ; le bébé tigre avait débusqué une proie. À coups de griffes puis avec les dents, il tentait d'extraire un vieux journal d'une étagère. Nina prit le journal, en déchira une page qu'elle roula en boule, et la jeta dans la pièce. Déchaîné, le chaton se lança à sa poursuite, la faisant rouler et virevolter. Puis il s'étendit sur le côté, mordillant la boule qu'il labourait frénétiquement de ses pattes arrière. *Dans cette position il ressemble aux boules de coton à démaquiller de Maman*, pensa Nina avant de se dire qu'il lui fallait un nom : pourquoi pas Coton ? Elle fit une tentative et prononça le mot à voix haute : le chat leva la tête et la dévisagea. Désormais son nouvel ami s'appellerait Coton.

Le félin développa l'étonnante habitude de rapporter ce qui lui était lancé. Cela égayait Nina, ravie qu'il la détourne un peu de sa pénible détention à laquelle elle ne savait toujours pas remédier. Ils se tenaient tous deux compagnie, conjurant leurs isolements respectifs par des jeux et des câlins. Il s'assurait de sa proximité, recherchait perpétuellement le contact du bout de la patte et se collait à elle pour somnoler. L'animal en quête de tendresse s'obstinait à interagir avec Nina. La jeune fille n'avait pas d'appétit mais elle utilisait les conserves pour nourrir son chat, qui s'en délectait. Elle lui avait aussi organisé un coin confortable pour dormir à partir de morceaux de couvertures et de chiffons ramassés çà et là. Le chaton s'y installait souvent, les pattes rentrées sous son poitrail dans une attitude souveraine, les yeux mi-clos. Nina l'imitait parfois, plissant les paupières, et ainsi débutait une conversation silencieuse faite de clignements et de regards pudiquement détournés. Quand la fatigue l'emportait sur les politesses, Coton finissait par sombrer dans un sommeil réparateur et l'adolescente ne tardait pas à l'imiter.

Une nuit, elle s'éveilla mais ne vit pas son compagnon. Il n'était pas couché dans son nid et ne se montra pas à l'appel de son nom. Il s'était évaporé. Mue par l'inquiétude, Nina se leva brusquement. Il s'était probablement faufilé par le vasistas entrouvert, au désespoir de la jeune fille délaissée par son unique compagnon, ultime rempart contre la folie. Sentant monter la crise de nerfs, Nina s'efforça de garder son calme en restant rationnelle. Elle n'avait pas besoin de lui, il se contentait de la distraire dans l'attente d'une issue qu'il ne pouvait influencer. De toute façon, elle réussirait à sortir. La police allait bientôt la délivrer… Reverrait-elle Coton ? Oui, il allait réapparaître et la certitude de son retour l'apaisa. Nina sentit son pouls ralentir. Le chaton lui avait manifesté de véritables signes d'amitié : il ne l'abandonnerait pas. Elle se tapit dans un coin et son regard se posa sur les étagères. Elle se rendit compte qu'elle n'avait eu ni faim ni soif depuis qu'elle occupait cette cave sordide. D'abord perplexe, l'adolescente incrimina la nervosité qui la rongeait. Éprouvée, elle se recroquevilla sur le sol où le sommeil la surprit. À son réveil, le corps chaud et ronronnant de Coton épousait la courbe de son ventre noué. Il s'assoupit, une patte tendue posée sur sa jambe. Nina en suffoqua d'émotion.

Sans repère, l'adolescente avait rapidement perdu la notion du temps. Résignée, elle comprit qu'elle ne pouvait qu'attendre la conclusion de sa mésaventure, quelle qu'elle soit. Pour ne pas céder aux pensées qui la torturaient, elle se focalisa sur le chat dans l'espoir d'occuper son esprit peuplé d'effroyables représentations de son agonie prochaine. Nina scrutait donc le jeune chat, cherchait à en mémoriser le moindre détail. Ce stratagème, tel un réflexe vital, lui réussit au point de prendre goût aux jeux initiés par Coton.

Il la fascinait quand il prenait des allures de Sphinx, tête droite, paupières closes, pattes avant allongées devant lui, détenteur de secrets qu'il gardait mieux que personne. Elle s'amusait des postures acrobatiques auxquelles il se livrait parfois. Son pelage soyeux et le bout de ses pattes semblables à des chaussons neigeux la subjuguaient. Les fines rayures beiges de son dos avaient foncé jusqu'au gris, excepté sur les pattes antérieures, gantées d'anneaux bruns symétriques. Sa gueule menue encadrée de longues moustaches blanches découvrait à chaque bâillement d'impressionnants crocs acérés qui contrastaient avec deux rangées de dents minuscules. Son front couronné d'un M incitait Nina à s'imaginer qu'il appartenait à une possible royauté féline – comme dans son film d'animation préféré – ce que son maintien aristocratique ne démentait pas. Un trait blanc autour de ses yeux les mettait en valeur, soulignant leur éclat bleuté. Les nuances de son iris azurin constellé de nacre variaient selon son humeur, tout comme le rose de sa truffe qui, de presque blanche quand il était calme, s'empourprait selon le degré d'agitation du félidé. Il arrivait en effet qu'une crise de folie espiègle le traverse : il courait en tous sens, cabriolait, se déplaçait de profil, le poil hérissé et le dos arqué, défiant Nina d'entrer en guerre. L'adolescente oppressée sentait alors la tension se relâcher. Elle grattait le doux poitrail tandis que Coton, électrisé, se roulait par terre les quatre fers en l'air. Pupilles dilatées, oreilles plaquées en arrière, il bataillait pour de faux, agrippé à la main de son amie qu'il mordillait, pédalant furieusement sur son avant-bras comme si sa vie en dépendait. Il avait déniché un vieux bout de ficelle qu'il apportait à son amie en le traînant entre les dents, le museau levé pour ne pas marcher dessus, puis se préparait à bondir. Si Nina était trop accablée pour s'occuper de lui, Coton s'attachait à capter son attention : il s'asseyait, dressait les pattes avant et les agitait au-dessus de sa tête en poussant de brefs miaulements. Cette allure irrésistible attendrissait l'adolescente et l'extrayait immédiatement de sa torpeur. Au fond, elle le lui devait : il n'avait qu'elle au monde. Sans elle, si vulnérable, il était seul dans l'univers.

Comme résolu à tout mettre en œuvre pour la divertir, le chat se montrait tour à tour cocasse ou affectueux. Nina le flattait en se demandant comment un si petit être pouvait receler autant d'amour. Lorsque le désespoir l'emportait et que Nina s'effondrait, il venait lécher ses larmes. Elle le cajolait, le nez enfoui dans l'épaisse fourrure, respirant l'odeur de bébé qui en émanait. Sa présence désintéressée lui était bénéfique et elle ne savait comment lui manifester sa gratitude. Contrairement à elle, Coton avait choisi sa condition. Rien n'obligeait cet animal à partager la réclusion de l'adolescente, sa taille lui permettant de se faufiler à l'extérieur et recouvrer sa liberté. Or il consentait à rester captif parce qu'il l'avait jugée digne de ce sacrifice, elle qui ne possédait rien à lui offrir hormis son dévouement. Nina interprétait cette loyauté comme une authentique marque d'attachement. Elle aurait voulu forcer cette porte ainsi qu'il le lui réclamait souvent, pour fuir et l'emmener en sécurité chez elle, loin de cet endroit ignoble où ils demeuraient tous deux prisonniers mais complices, unis par le malheur. Quand son chat lui laissait du répit et qu'il s'endormait confiant sur le dos, exténué d'avoir laissé libre cours à ses extravagances, la jeune fille s'interrogeait sur son avenir. Elle n'avait encore vu personne. Pour quelle raison le ravisseur ne s'était-il pas montré ? Si d'aventure il avait été arrêté et avoué son forfait, qu'attendait la police pour venir la libérer ? Ou bien on l'avait abattu et il avait emporté son ténébreux secret dans la tombe : dans ce cas nul ne la délivrerait jamais. Qu'allait-elle devenir ? En quête d'apaisement, elle caressa d'une main tremblante le chat qui lui répondit par un ronronnement grave. Ce chant heureux la berça jusque tard dans la nuit où elle finit par s'endormir. Elle ne rêvait jamais, sauf de cette porte qui l'obsédait. La solution était pour sûr à portée de main, mais que faire ?

Quand elle s'éveilla, Coton était parti. Sur le moment elle ne s'en formalisa pas puisqu'il revenait toujours. Il avait sûrement ressenti l'envie de se dégourdir les pattes, batifoler dans l'herbe ou courir après une multitude d'insectes, de se livrer aux plaisirs simples de vivre libre. La jeune fille le guetta longtemps, en vain. Elle faisait les cent pas en se tordant les mains quand elle crut deviner des voix étouffées prononcer son prénom de l'autre côté de la porte. Elle colla l'oreille contre la paroi mais n'entendit rien. Trop effrayée par sa condition, elle avait dû halluciner, signe annonciateur de déclin. Nina était condamnée, inutile de se mentir davantage. Elle pleura beaucoup, la joue contre la porte, suppliant tout bas qu'on la libère. Ses parents et ses amis lui manquaient terriblement. Le collège, les cours… À la limite, elle aurait même apprécié de revoir cette pouffe de Mathilde qui draguait Julien depuis qu'elle savait que Nina craquait pour lui. Ces querelles minables lui paraissaient dérisoires comparées à ce qu'elle endurait, maintenant qu'elle risquait de disparaître. *Elle voulait vivre.* Levant la tête, elle remarqua en haut des étagères ce qui ressemblait à une malle de bois. Elle était certaine de ne pas l'avoir vue auparavant, pourtant elle avait déjà fouillé ce meuble, cachette privilégiée de Coton, d'où elle l'avait maintes fois débusqué. Sans quitter l'objet du regard, elle s'approcha en reniflant, l'étonnement ayant raison de ses pleurs. Elle grimpa sur la première planche et, en équilibre instable sur la pointe des pieds, parvint à attraper l'une des anses de cuir de la boîte. Elle était lourde et en la tirant vers elle, Nina faillit se la faire basculer sur la tête. L'adolescente la posa brutalement au sol et l'examina. Elle souleva le couvercle avec précaution et découvrit des outils. Incrédule, Nina les considéra, bouche bée. Son cœur battait la chamade. Elle s'empara d'un tournevis et se dirigea vers la porte dont elle entreprit de forcer la serrure. Après plusieurs essais à l'aide de différents outils, Nina réussit à débloquer le loquet et tourna prudemment la poignée. Une lumière aveuglante la fit battre des paupières tandis que s'élevait une musique chère à son cœur : la chanson *Don't Give Up* de Peter Gabriel et Kate Bush, sur laquelle ses parents s'étaient rencontrés.

Sa vision s'accoutuma progressivement à la luminosité de la pièce et elle put discerner les traits de sa mère qui lui souriait, les yeux rougis. Elle lui parlait mais Nina ne percevait qu'un bourdonnement confus. Dans l'esprit de l'adolescente, la stupéfaction le disputait au soulagement. Elle ne comprit pas de suite où elle se trouvait. Sa mère se pencha sur elle puis éteignit la musique qu'elle mettait de temps à autre pour inciter sa fille à se réveiller, et Nina vit enfin ce qui l'avait aveuglée : un néon rivé au plafond sous lequel la jeune fille était allongée. Les paroles de sa mère se firent plus intelligibles : « Vite, appelez le docteur ! » Elle aperçut alors les appareils médicaux ainsi que la perfusion reliée à son bras, où sa mère avait posé la main. Nina put lire dans l'intensité de son regard humide tout l'amour qu'elle lui portait. Un interne à la mine réjouie fit son entrée, stéthoscope autour du cou, cheveux en bataille. Après les vérifications d'usage, il expliqua à sa patiente ce qui lui était arrivé : en rentrant du lycée, elle avait été renversée par une moto qui remontait l'avenue à vive allure. L'accident remontait à cinq mois et depuis elle était dans le coma. L'adolescente accusa le coup. Ses multiples blessures avaient été soignées mais tous s'étaient demandé quand elle reprendrait conscience.

Maintenant qu'elle était revenue, elle pourrait récupérer le fil de sa vie où elle l'avait laissé malgré elle. L'inévitable convalescence à l'hôpital, les examens de contrôle ou la rééducation ne représentaient rien comparés à la séquestration qu'elle s'était imaginé subir. Elle eut un pincement au cœur en se rendant compte que Coton n'avait existé que dans son subconscient. Elle s'était inventé un ami dans le but de ne pas faiblir. La déception s'atténua lorsque son père bouleversé fit irruption dans la chambre en s'exclamant :

– Elle est réveillée ma Belle au Bois Dormant !

Nina esquissa un sourire et ouvrit la bouche mais rien ne sortit. Le docteur indiqua que c'était dû à l'intubation que l'urgentiste avait dû pratiquer lors de son admission mais que la parole lui reviendrait. Il n'y avait plus lieu de s'inquiéter.

Le lendemain, le médecin se présenta avec un jeune chat qui émit un miaulement familier. Il le déposa sur le lit de Nina et, loin de s'effaroucher, le félin se fit copieusement les griffes sur le matelas puis s'approcha du visage de l'adolescente pour le sentir avant d'y frotter son museau. Ébahie, la jeune fille reconnut immédiatement le parfum du pelage de Coton. Le chat se coucha ensuite en ronronnant bruyamment sur la poitrine de Nina, qui put l'admirer de près. On aurait dit une panthère d'une rare finesse, à la fourrure mouchetée d'or. Sa truffe noire frémit ; le félin laissa échapper un bâillement et poindre un pétale rose entre ses lèvres. Puis il plongea son regard vert, insistant, hypnotique, dans celui de Nina.

– Elle s'appelle Lucie, commenta le praticien. Vous ne la connaissez pas mais elle n'est pas étrangère à votre retour parmi nous.

Embrumée, Nina l'écouta ensuite préciser qu'il effectuait des recherches sur les vertus thérapeutiques des animaux et leurs potentiels bienfaits sur les patients en état critique. Intimement convaincu, il avait contourné le règlement de l'hôpital et secrètement introduit le chaton dans l'établissement afin de lui faire passer du temps au contact de l'adolescente. Cependant le chef de service avait eu vent de cette initiative ; invoquant des normes d'hygiène strictes, il avait exigé le retrait immédiat du chat et contraint le zoothérapeute à obtempérer. Le visage de Nina s'éclaira : ce petit corps dont la chaleur l'avait si souvent rassurée existait bel et bien, c'était Lucie. Coton n'était pas une divagation de son cerveau perturbé, il était réel. Son absence inopinée coïncidait avec l'exil de Lucie. Le docteur ne s'était pas trompé : le départ de Coton/Lucie l'avait effectivement aidée à sortir du coma. À l'instar du lapin blanc d'*Alice au Pays des Merveilles*, il l'avait attirée de l'autre côté de la mystérieuse porte. L'adolescente étudia la nouvelle apparence de son cher compagnon. Lucie se leva et s'étira avec nonchalance, lécha doucement la main de Nina à la façon d'un baiser, puis alla s'asseoir au bout du lit contre le mollet de Nina où, souple et gracieuse, elle entreprit de se lisser le pelage avec application. La jeune fille devait son salut à cette drôle de créature qui ne demandait que de l'affection. Le médecin, anticipant sa requête, suggéra que Nina permette à Lucie de poursuivre sa mission toute sa vie, en la ramenant chez elle. Le radieux sourire qu'il obtint en réponse imprégna sa mémoire pour toujours.

## L'AMÈRE SURPRISE

Il faisait nuit quand Ève sortit de son club de fitness. Saisie par la différence de température, elle enfonça un peu plus le bonnet sur sa tête, rentra les épaules et pressa le pas pour s'engouffrer dans le métro. Elle consulta sa montre : six heures et demie. Elle avait à peine une heure pour se préparer et se rendre chez son amie Valérie. Son téléphone se mit à vibrer au son de *It's my Life* de Gwen Stefani, une de ses chansons favorites. Ève fouilla son sac mais ne put décrocher, l'appareil ne captant plus le réseau dans les profondeurs du métro parisien. Elle eut néanmoins le temps d'apercevoir le nom de son correspondant, Kévin. Elle fut soulagée de n'avoir pas répondu car il devenait lassant.

Rencontré dans un bar, elle avait trouvé amusant de le ramener chez elle pour un dernier verre. Il s'était accroché et elle avait consenti à le revoir – lorsqu'elle n'avait pas mieux à faire. Son indéniable habileté au lit l'avait convaincue de lui laisser une place dans sa vie, une place de la taille de sa chambre à coucher. Après il y avait eu Rémi, caissier au supermarché non loin de l'agence de voyages où elle travaillait. Il l'avait invitée à dîner, elle avait accepté de rester la nuit entière. Séduire lui était facile avec sa silhouette élancée, ses cheveux noirs coupés à la garçonne, ses charmantes taches de rousseur et ses yeux verts effrontés. Indifférente à Rémi comme à Kévin, elle fréquentait les deux en attendant l'inévitable double rupture qui la laisserait de marbre. Cette vie lui convenait à la perfection, ni sentiment, ni attache, juste la possibilité de pallier la solitude, et le plaisir de prendre du bon temps sans subir le lot de concessions qu'impliquait selon elle la vie de couple. Pas de promesse, pas de déception.

Dans la rame bondée, elle avisa la seule place assise disponible et s'y installa. Sa voisine de gauche tenait un nourrisson endormi contre elle, le protégeant comme son bien le plus précieux de la convoitise des autres passagers. Ève serra les mâchoires. Elle les connaissait, ces mères courage qui renonçaient à leur confort, leur carrière, leur intimité pour le seul épanouissement de leur petit rôti ficelé dans sa grenouillère. Elle les voyait l'été, parader ombrelle sur le landau, ou l'hiver, surprises par le froid qu'elles avaient sous-estimé et se hâtant dans la rue, bras nus, leur propre manteau autour de l'enfant qu'elles n'avaient pas suffisamment couvert. Ces femmes étaient partout, tels des agents dormants soudain activés par la gestation, basculant sans transition de l'indépendance à l'asservissement satisfait. Ève pour sa part n'avait jamais ressenti ce que certains qualifient d'impérieux le besoin d'enfanter, cela ne l'intéressait nullement et elle ne s'en cachait pas. Au fond, elle aimait l'idée de se démarquer, montrer sa belle assurance et affirmer, goguenarde, sa préférence pour les chiots, à son sens plus beaux et surtout moins vagissants que les créatures roses des maternités. Grossesse. Même le mot était laid.

Ève délaissa la rame étouffante avec soulagement. Une fois dehors, elle prit le temps de s'allumer une cigarette et la savourer avant d'atteindre son immeuble. Elle assumait son hygiène de vie à géométrie variable. Suer deux heures dans une salle de sport pour ensuite s'en griller une à la première occasion et passer la soirée à boire avec des amis n'était qu'une preuve de son libre-arbitre et de sa volonté de vivre pleinement. C'était là son unique appétit d'ailleurs, d'une minceur extrême, elle picorait plus qu'elle ne mangeait. Avant d'entrer, elle jeta son mégot par terre et son portable se remit à sonner. Poussant du dos la lourde porte, elle sortit l'objet de son sac besace et, à l'affichage du nom de l'appelant, se contenta de couper le son sans décrocher. Pas le temps ni l'humeur de parler à Kévin ce soir. Il insistait en vain, multipliant les appels depuis son départ de la salle de gym. Il connaissait ses horaires et la contactait chaque soir pour *entendre sa voix*, ce qui le rendait exaspérant. De toute évidence il était amoureux : elle allait bientôt devoir siffler la fin de partie. S'encombrer d'un soupirant béat était inconcevable, déjà que le pauvre Kévin n'avait pas de conversation – même si ce n'était pas ce qu'elle recherchait auprès de lui. Elle détestait se sentir contrainte à quoi que ce soit, et n'était donc pas disposée à accepter une relation sérieuse. En retard suite à une douche chaude un peu trop longue, elle opta pour un jean, un haut hippie chic et un trait d'eye-liner qui rehaussait le mascara sur ses longs cils. Ses yeux marron n'avaient pas l'éclat des regards clairs mais elle savait parfaitement les mettre en valeur. Elle descendit au pas de course les deux étages qui la séparaient du taxi garé en bas de l'immeuble.

La porte d'entrée s'ouvrit rapidement sur Valérie, trahissant l'impatience de l'hôtesse qui guettait l'arrivée de son invitée.

– On n'attendait plus que toi pour commencer !

Ève l'embrassa, la suivit jusqu'au salon où Guillaume, le concubin de Valérie, débouchait une bouteille de monbazillac.

L'homme face à lui tourna la tête vers la nouvelle venue et la gratifia d'un chaleureux sourire.

– Ève, je te présente Antoine…

Le reste de la phrase n'eut pas d'importance.

– … le frère de Guillaume.

Ève s'avança et lui fit maladroitement la bise, troublée par ce qui émanait de ce trentenaire brun aux yeux noisette. Au fugace contact de sa joue finement barbue, la peau était douce, chaude et empreinte d'une eau de toilette subtile qu'elle eut envie de respirer jusqu'à s'en étourdir. La jeune femme recula. Elle avait connu cette sensation auparavant, mais il avait fallu plus de temps pour que son cœur s'emballe à ce point. Les signes ne mentaient pas : elle tombait amoureuse. Le coup de foudre existait donc, il ne manquait plus que ça.

La soirée fut agréable et en dépit de ses tentatives pour masquer ses sentiments, Ève dut admettre qu'Antoine risquait fort de s'incruster dans son avenir. Adieu Kévin et Rémi, oubliés, rayés de la carte en un claquement de doigts. Antoine avait conquis la place et y régnait déjà. Pourvu qu'il veuille bien s'y attarder.

Le dîner fut ponctué de rires et d'œillades discrètes de part et d'autre. L'intérêt était manifestement réciproque. Au moment de prendre congé, Ève n'eut pas à minauder pour qu'Antoine lui propose de la raccompagner. À peine entrés dans son appartement, Ève se colla contre lui et il l'embrassa, d'abord timidement, pour gagner en audace au fur et à mesure qu'ils se déshabillaient. Ève se laissa emporter par des émotions qu'elle avait enfouies après avoir été abandonnée quelques années plus tôt par un homme dont elle était follement éprise. Soumis à leur désir avide, ils ne prirent pas la peine d'atteindre la chambre.

La nuit s'avéra délicieuse, savant dosage de romantisme et de plénitude sensuelle partagée. Au cours des suivantes, leur complicité croissante les incita à considérer plus sérieusement leur relation. Ève, toute à sa passion, en informa ses anciens amants avec désinvolture. Elle les quitta dans le même café, à deux jours d'intervalle. Si Rémi prit les choses avec calme, il dissimulait mal sa déception. Kévin en revanche frôla l'esclandre ; elle dut se montrer plus sèche qu'elle ne l'aurait voulu et déserta les lieux sous les invectives de l'homme à l'orgueil blessé.

Ève ne touchait plus terre. Antoine occupait tant ses pensées que les heures passées sans lui n'étaient que l'antichambre de tendres retrouvailles. Ils passaient leur temps libre ensemble, chez l'un ou l'autre. Ils sortaient beaucoup et discutaient pendant des heures. Un samedi après-midi, alors qu'ils profitaient du soleil à la terrasse d'un bistrot, Antoine prit une profonde inspiration et fit une proposition qui le taraudait depuis quelques temps. Méfiant, il se lança d'un air faussement détaché :

– Et si tu venais habiter avec moi ?

Ève reposa si vivement sa tasse de thé qu'elle en renversa sur la table.

– Je… n'y tiens pas vraiment.

À la mine déconfite de son interlocuteur, elle ajouta un faible :

– … pour l'instant.

– Je vois.

– Non, tu te trompes. J'aime ce qu'on vit, notre histoire… Je t'aime toi.

Elle lui caressa la joue.

– Je tiens à mon indépendance, tu sais, je n'ai pas l'habitude d'avoir à me justifier…

– Il n'est pas question de te justifier !

– Ce que je veux dire… Je suis déjà passée par là. Je pensais que c'était le bon, j'étais amoureuse… aveuglée, disons. Je me suis enlisée dans une routine mortelle, et lui voulait tout savoir, où j'étais allée, ce que j'avais fait, avec qui…

Elle grimaça.

– J'ai accepté, parce que je l'aimais. Et puis il m'a plaquée du jour au lendemain.

Elle haussa les épaules.

– Je n'ai rien vu venir. Je l'ai mal vécu.

Antoine se redressa, visiblement peiné.

– Tu as peur de revivre ça ? Donc tu me crois capable de te traiter comme il l'a fait ?

– Pas du tout ! J'ai eu du mal à m'en remettre, j'ai culpabilisé d'avoir été naïve… J'ai décidé que cela ne se produirait plus, et depuis je mène ma vie à ma guise. Ma famille se plaint de ne pas me voir souvent, tant pis, j'ai autre chose à faire que répondre à leurs interrogatoires. Alors je ne veux pas risquer de gâcher ce que l'on a, tu comprends ?

Elle effleura les doigts de son partenaire. Il sourit :

– Peut-être que plus tard… J'attendrai.

Bonne réponse. Ève lui rendit son sourire.

Lorsqu'Antoine l'appela après le travail, Ève s'étonna : il lui avait dit voir des collègues ce soir-là.

– J'ai besoin de ton aide. J'ai une course à faire pour une collaboratrice et les autres m'ont lâché. Tu peux me rejoindre au centre commercial ?

En se dépêchant, Ève pourrait prendre la ligne directe.

– Je saute dans le bus et j'y serai d'ici un bon quart d'heure.

– OK, ça nous permettra de chercher un peu avant la fermeture des boutiques. Je t'attendrai à l'arrêt de bus... On pourra se faire un resto sur place, qu'en penses-tu ?

– Et sacrifier mon plateau-télé ? Bon, c'est bien parce que c'est toi, hein !

Elle le repéra de suite. Épaules carrées, cheveux savamment décoiffés, allure branchée sans affectation, il la guettait à l'entrée de la galerie marchande. Quand il la prit dans ses bras, Ève devina l'eau de toilette boisée qui affolait ses sens. Ils pénétrèrent dans le bâtiment main dans la main. Antoine expliqua que sa collègue devait passer au bureau le lendemain après un long congé. Taquine, Ève demanda ce qui ferait plaisir à cette femme qu'il connaissait suffisamment pour se charger d'acheter son cadeau de reprise, Antoine répondit que le présent n'était pas pour elle et s'arrêta près d'une vitrine colorée qu'il désigna d'un geste. Ève se décomposa : face à elle s'élevait une enseigne spécialisée dans la petite enfance. Elle avertit son compagnon :

– Je vais t'être inutile sur ce coup-là...

– Pourquoi ?

– En fait, je ne... les bébés c'est pas mon truc.

Son embarras était palpable, elle allait encore devoir se disculper. Le sujet revenait régulièrement avec ses proches, amis ou famille. Elle connaissait par cœur les coups d'œil désapprobateurs, les réflexions acerbes, les litanies moralisatrices sur l'enchantement maternel, objectif ultime de chaque femelle qui se respecte, aboutissement incontournable de la féminité. Devant l'air perplexe d'Antoine, elle s'empressa d'ajouter :

– Je peux venir avec toi bien sûr, mais je préfère te prévenir que je ne serai pas nécessairement de bon conseil, voilà tout.

L'intéressé, à qui le manque d'enthousiasme de son amie n'avait pas échappé, opina en se promettant d'approfondir le sujet plus tard. Dans le magasin, il se mit en quête du cadeau idéal pour un nouveau-né. Il observait Ève mine de rien, la vit déambuler dans les rayons, parfaitement indifférente à l'univers sucré qui l'entourait. Elle semblait absente, dépassant avec froideur les minuscules chaussettes tricotées, les peluches soyeuses et les accessoires garantis non toxiques. Elle s'apprêtait à aller patienter dehors quand elle aperçut son amoureux lui faire signe, un paquet à la main. Ils allaient enfin pouvoir manger.

Le serveur venait de prendre les commandes, Ève ressentait l'envie d'une cigarette et se demandait si elle aurait le temps d'aller en fumer une avant l'apéritif quand Antoine se décida à aborder le sujet qui l'intriguait.

– Alors c'est vrai, tu n'es pas branchée bébés ?

Ève inspira longuement pour éviter de s'agacer comme d'habitude face à ce genre de propos. Qu'avaient-ils, tous ? Ils étaient rares, ceux qui comprenaient le libre choix de ne pas faire d'enfant et la capacité de se sentir féminine sans éprouver la nécessité soi-disant innée de materner. Elle ne voulait pas se disputer avec Antoine, encore moins le perdre ; elle n'ignorait pas qu'un tel désaccord pouvait constituer un motif de rupture. Néanmoins s'il tenait à fonder une famille, autant le laisser chercher ailleurs. Elle opta pour la franchise :

– Je n'ai rien contre les enfants, ils ne m'attirent pas, nuance. Je n'y peux rien, c'est une question d'affinité je suppose.

Elle se renfrogna.

– Tu vas me dire que je changerai d'avis, que les femmes sont faites pour procréer, et tous ces poncifs qu'on ne rate jamais une occasion de me seriner ?

Son intonation était devenue cassante : elle en voulait à Antoine d'insister. Celui-ci perçut son irritation mais il se refusait à laisser s'installer un quelconque défaut de communication dans son couple. Il fallait crever l'abcès.

– Tu n'envisages pas d'avoir un enfant un jour ?

– À quoi bon ? Je ne vois pas d'avantage à se compliquer les choses quand on peut faire simple.

Elle baissa les yeux.

– J'ai déjà bien assez d'occupation sans avoir besoin d'y ajouter du stress et des responsabilités. Et je ne parle même pas de la difficulté d'élever un gosse dans ce monde égoïste et pollué.

La jeune femme planta son regard dans celui de son compagnon qui comprit que la décision était irrévocable. Ce n'était clairement pas une lubie.

– De toute façon, je ne crois pas à ces histoires de fibre maternelle, j'en suis totalement dépourvue, désolée.

Antoine se cala confortablement dans son siège. Leur relation était récente, il ne pensait pas avoir cet échange si tôt, mieux valait laisser tomber.

– Au moins tu sais ce que tu veux, tu ne promets rien que tu n'as pas l'intention de tenir. Tu as dû beaucoup y réfléchir.

– Pas tellement, non. Je suis juste persuadée que l'instinct, ou appelle ça comme tu veux, ne s'est jamais réveillé en moi.

Elle était davantage louve solitaire que mère poule et elle n'y pouvait rien. Ève s'éclaircit la gorge avant de poursuive :

– Si c'est un problème, dis-le.

Elle sentit le feu lui monter aux joues : malgré son air de défi, elle redoutait la réaction de son interlocuteur.

– J'aime bien les enfants, moi. Je trouve qu'ils forment un beau prolongement du couple. J'espère devenir père un jour – j'imagine que j'y songerai le moment venu. Je te remercie de ton honnêteté. Ce que je sais pour l'instant, c'est que j'ai envie d'être avec toi. Profitons-en et on verra où ça nous mènera, d'accord ?

Le serveur surgit de nulle part, déposa les apéritifs sur la table et s'éclipsa. Ève sirota distraitement son mojito, trop heureuse de couper court à la discussion. Elle appréciait les efforts d'Antoine mais savait pertinemment que leur divergence d'opinion les rattraperait tôt ou tard.

*******

Ève se précipita, de crainte de ne pas arriver à temps. Un sentiment de malaise l'avait envahie dans l'après-midi et depuis lors une nausée tenace l'assaillait par vagues ponctuées de sueurs froides. Elle se demandait ce qu'elle avait encore pu ingérer de douteux, après l'atroce gueule de bois survenue trois semaines auparavant. Elle ouvrit la porte des toilettes à la volée et vida son estomac dans un spasme. Tremblante, elle se cramponna au lavabo et fit face au miroir où elle déplora la pâleur de sa physionomie. Que lui arrivait-il ?

L'auscultation ne révéla rien de particulier, hormis une grande fatigue, or avec ce mal au cœur quasi permanent, cela n'avait rien d'étonnant. Le docteur Rauvière, la connaissait bien pour l'avoir accompagnée pendant sa déprime post rupture, bien avant sa rencontre avec Antoine, quand elle assistait impuissante à l'effritement de ses certitudes, qu'elle en perdait le sommeil et toute estime de soi. Il ne paraissait pas inquiet, mais quel médecin montre ses émotions ? Ève sortit du cabinet avec une ordonnance pour une prise de sang complète. « Ensuite, nous aviserons », avait déclaré le généraliste d'un ton neutre.

Ève décida de passer les examens sans en informer Antoine. Elle l'avait gardé à distance depuis son intoxication éthylique – ultime négation du glamour selon elle – et se félicitait de pouvoir se réfugier dans son appartement le temps de redevenir présentable pour son amoureux. Tous deux avaient vécu plusieurs nuits passionnées jusqu'à ce que sa répugnante liquéfaction ne les coupe en plein élan. Les premiers symptômes s'étaient subitement manifestés à l'issue d'une soirée romantique dans un nouveau restaurant, lorsqu'Ève, grisée et mésestimant la quantité de vin absorbé au cours du repas, avait tenu à ouvrir une bouteille de champagne au retour chez Antoine. Les effets secondaires ne s'étaient pas fait attendre et Ève se sentait mortifiée rien qu'en y repensant. Son compagnon l'avait gentiment prévenue mais elle avait protesté, répétant qu'elle n'était plus une gamine. Ce soir-là elle avait aimé s'enivrer ; perdre le contrôle avec Antoine pour garde-fou ne l'effrayait pas, au contraire elle se sentait libre et vivante. Elle avait pesté de tomber malade, sa faiblesse l'entravait, elle qui avait tant à faire... Elle appréhendait le grain de sable qui gripperait sa mécanique du plaisir.

La journée fut longue. Ève se rendit à l'agence ; il lui fallait s'occuper l'esprit pour éviter de rester chez elle à ruminer ses inquiétudes. Elle n'eut à courir que deux fois aux sanitaires et grignota prudemment un morceau de pain à midi dans l'espoir de limiter les dégâts. Antoine l'appela pour prendre des nouvelles et elle crut percevoir derrière la banalité des paroles ce ton soucieux, cette sollicitude dont sa mère faisait preuve dès qu'enfant elle avait un peu de fièvre et qui la gênait au lieu de la réconforter.

Arrivée au laboratoire d'analyses, elle souffla brièvement, jeta sa cigarette à peine entamée et se résolut à entrer. Au guichet, une très jeune fille l'accueillit d'un large sourire. Se montrait-elle aussi avenante lorsqu'elle annonçait une mauvaise nouvelle ? Ou prenait-elle un air contrit, feignant de partager une douleur qu'elle ignorait – elle qui chaque soir regagnait tranquillement son logis après avoir asséné de tristes vérités à de pauvres quidams, modifiant leur trajectoire pour le pire ? Ève ouvrit son sac, chercha fébrilement le coupon de retrait des résultats, en vain. Désarmée, elle vit son interlocutrice pincer les lèvres en un rictus d'amabilité forcée. Ève se remit en quête du morceau de papier sur lequel était inscrit son numéro de dossier, le dénicha enfin et le tendit d'une main mal assurée. La fille disparut un moment pour rapporter une enveloppe non cachetée. Elle ne souriait plus ; avait-elle parcouru le document ou prenait-elle des précautions, sachant d'expérience que la surprise pouvait être amère ?

Le docteur Rauvière lui faisait face. Elle aurait juré qu'il évitait son regard, mais peut-être avait-il réellement besoin de temps pour consulter les résultats d'analyses qu'elle venait de lui donner. Quand il releva la tête, elle eut l'impression qu'il la transperçait de ses yeux bleus. Vulnérable, pendue à ses lèvres, elle craignait ce qui allait en sortir. Ce fut brutal.

– La détection de bêta-HCG est positive. Félicitations, vous êtes enceinte.

Ève sentit se former au creux de son abdomen une bombe de lave qui d'abord la brûla avant de se scléroser, tel un poing gigantesque lui enserrant soudain les organes. Instinctivement elle porta la main à son ventre dans un geste que le médecin interpréta comme maternel. Il s'autorisa un sourire et se mit à détailler la suite logique des événements, les examens réguliers qu'elle aurait à subir, les prises de sang, les précautions alimentaires et autres nécessités inhérentes au déroulement d'une grossesse réussie. À la fin de son discours, lorsqu'il l'invita à poser d'éventuelles questions, Ève n'avait pas prononcé un mot. Elle tourna la tête vers la fenêtre. L'horizon s'obscurcissait et elle n'avait pas prévu de parapluie.

Pour la première fois, son appartement lui sembla froid, trop calme. D'habitude elle aimait cette sensation de réintégrer sa bulle protectrice, en marge du monde extérieur. De la fenêtre de sa cuisine où le soleil se couchait, elle pouvait contempler les toits des bâtiments alentour dans une apaisante rêverie. En visitant l'endroit, Ève avait éprouvé un tel engouement qu'elle y avait vite pris ses marques avec félicité. Aujourd'hui elle se sentait différente, perdue. Elle fit demi-tour et ressortit aussitôt. Elle devait voir Antoine, se confier à lui pour ne pas plier sous le fardeau de sa condition nouvelle. Puisqu'il n'était pas question de partager une telle révélation par téléphone, elle n'avait d'autre choix que d'attendre qu'il revienne du bureau. Elle se rendit chez lui et attendit, dans un état second, jusqu'au soir.

Le sourire d'Antoine s'évanouit. Toute à son propre trouble, Ève n'était pas en mesure d'interpréter la réaction de son compagnon : après la sidération, allaient peut-être suivre rejet, indignation ou colère – le calme avant la tempête. Antoine se leva, il avait besoin de réfléchir. Ève sentit les larmes lui monter aux yeux, elle se sentait déjà seule, contrainte à un choix binaire qui n'avait rien d'innocent. Antoine faisait les cents pas, se frottant le front, en proie à des réflexions angoissées mais stériles. Ève l'entendit marmonner « Mais comment... on a pourtant... ce n'est pas... ». Elle souffla et quitta le fauteuil dans lequel elle avait tendance à s'enfoncer lentement. Son mouvement vif interrompit le monologue d'Antoine et il s'avança pour la prendre dans ses bras.

– Bon. D'abord, il faut voir un médecin. Nous pourrions en discuter avec lui, prendre le temps d'y penser calmement... enfin, si tu acceptes d'y aller avec moi ?

Ève hocha la tête, elle n'avait rien à ajouter. À présent il fallait agir.

Elle n'obtint un rendez-vous qu'après avoir expliqué son cas à la secrétaire médicale qui convint de l'urgence de la situation. Dans la salle d'attente, Ève observait du coin de l'œil les autres patientes qui feuilletaient un magazine, jouaient sur leur téléphone portable ou notaient une liste de courses pour tuer le temps. Leur attitude nonchalante contrastait avec la sienne, raide sur sa chaise, les mains posées sur les genoux, tendue comme un arc dont la corde était prête à casser. Elle n'osait regarder Antoine assis à ses côtés, probablement aussi désemparé qu'elle. Il avait fini par se faire à l'idée, se voulait rassurant, cumulait les clichés sur le destin et la pertinence de fonder une famille. Il n'avait de cesse de pousser Ève à saisir cette aubaine qui leur était offerte sans s'inquiéter de son absence de fibre maternelle. « Ça viendra » souriait-il d'un air entendu, comme si Ève n'avait pas de raison de s'émouvoir. Elle se situait à la croisée des chemins, coincée entre deux solutions peu plaisantes, mettre quelqu'un au monde à contrecœur ou subir une intervention qui la hanterait pour toujours. Quel que soit son choix, l'avenir laisserait des cicatrices.

Le docteur Vaillant ouvrit la porte de son cabinet, libérant un couple euphorique. La femme, dont les cheveux blonds rebiquaient aux épaules, se tenait le ventre, déjà bien rebondi, en riant aux éclats des boutades de son compagnon. Ève aurait juré avoir vu cette image dans une publicité pour quelque produit laitier, où les familles heureuses veillent à consommer du calcium en quantité suffisante. Elle leva les yeux au ciel.

L'obstétricienne dut appeler son nom par deux fois avant qu'elle ne sursaute et se lève brusquement, manquant de répandre au sol le contenu de son sac. Si elle avait accepté qu'Antoine assiste à la consultation, elle ne put sourire à la doctoresse aussi cordialement qu'il le fit en la saluant.

La gynécologue écouta attentivement l'exposé des faits, prenant quelques notes de temps à autre, et décréta qu'Ève avait dû vomir sa pilule contraceptive lors de son épisode intoxicatoire, ce qui avait permis la fécondation. *C'est une fécondation opportuniste,* pensa Ève qui, voyant la praticienne remplir un document d'une écriture sèche, fut confortée dans l'idée que sa *maladie* nécessitait une ordonnance.

Elle tressaillit quand l'obstétricienne indiqua qu'elle allait l'examiner. Sans considération pour Antoine qui lui frôla la cuisse dans ce qu'il croyait être un geste d'encouragement, Ève se résigna à s'allonger sur la table d'auscultation, songeant si fort *faites ce que vous avez à faire et vite, qu'on en finisse* qu'elle crut l'avoir prononcé à voix haute. Antoine, dans l'attente d'une invitation qui ne venait pas, s'approcha discrètement tandis que la gynécologue préparait l'échographe. Lorsqu'elle lui appliqua le gel sur la peau, le contact du produit glaça Ève jusqu'au plus profond de ses entrailles.

Le médecin apposa ensuite la sonde et la fit glisser doucement en observant l'écran face à eux. Antoine scrutait intensément les zones sombres et claires qui s'affichaient au gré des mouvements de l'appareil. Il ne savait pas ce qu'il regardait mais il voulait voir. Ève ferma les yeux.

– Ah, le voilà !

Elle se força à rouvrir les paupières : le docteur Vaillant désignait une tache de la taille d'un grain de riz que l'on aurait agrandi pour ne pas le rater. Antoine souriait bêtement, bombant involontairement le torse, empli d'une toute première fierté paternelle. Cette minuscule lentille était son œuvre, il l'avait créée par amour et accident. Ève ne ressentait rien, ou peut-être si, en cherchant bien – une peur sourde qui ne demandait qu'à croître.

Ils sortirent du cabinet médical en silence, Antoine ne sachant que dire et Ève résolument muette. Elle leva la tête, offrit son visage au soleil, respira longuement. Elle n'avait pas encore livré son opinion – une conversation s'imposait, épineuse mais indispensable. Elle palpa sa poche, trouva son paquet de cigarettes. D'un geste machinal, elle en attrapa une, la porta à ses lèvres. C'est alors qu'elle aperçut l'air réprobateur d'Antoine. Elle renonça à chercher son briquet. Serrant les dents, elle entreprit de ranger. Elle connaissait déjà la position de son compagnon, que tout son être trahissait : jamais il n'accepterait de déloger l'embryon.

Ils se faisaient face dans la cuisine, l'une assise et l'autre adossé au plan de travail.

– Donc tu veux le tuer ?

Elle n'avait jamais vu Antoine dans cet état. L'indignation éraillait sa voix. Ève conservait son calme, l'heure était trop grave pour se perdre en reproches et vociférations.

– Je dis juste qu'il nous faut réfléchir sérieusement, il en va de notre avenir, de nos vies... à tous les trois.

C'était la première fois qu'elle considérait les choses sous cet angle, qu'elle ajoutait la graine à l'équation.

– Il faut étudier toutes les options...

Elle soutint son regard avec peine.

– Je ne te comprends pas. C'est notre enfant et toi tu proposes de le supprimer !

Ève s'emporta à son tour.

– Arrête de m'accuser ! J'ai encore le droit de disposer de mon corps ! Tu crois peut-être que ça m'amuse ? Ah, c'est facile d'être réactionnaire quand on sait qu'on ne risque rien parce que quelqu'un d'autre se fera charcuter, hein !

Antoine se raidit.

– Il n'est absolument pas question de cela, Ève ! Je ne suis pas anti-avortement, ne déforme pas mes paroles ! Là, on parle d'un enfant qui est le nôtre, qui peut naître au sein d'un couple qui s'aime, où est la difficulté ? Pourquoi lui refuser cette chance ?

– Je n'ai rien décidé, j'ai la trouille !

Ses paroles avaient jailli sans contrôle, d'une voix perçante. À l'évidence, les craintes d'Ève étaient viscérales et ils le comprirent tous deux. La tension s'apaisa. La jeune femme reprit doucement :

– Tu ne sais pas plus que moi si on va rester ensemble dans la durée. Tes parents sont toujours mariés, les miens se sont séparés quand j'étais très jeune, les seuls souvenirs que j'ai d'eux se résument à de terribles disputes. Je ne vois plus mon père depuis qu'il est parti. Tu ignores ce que c'est que de se sentir indésirable, rejeté par ton propre parent !

– Et parce qu'il n'était pas prévu, tu en déduis que c'est ce qui attend ce bébé ? Je ne suis pas comme ton père, si on devait se séparer, je resterais auprès de mon enfant !

Ève le fixa, les yeux embués de larmes.

– Je ne me sens pas les épaules... Je veux dire, je suis fille unique, je n'ai aucune expérience... Je ne suis pas faite pour être mère.

– Je pense que cela s'apprend, comme le reste. Personne ne naît avec un mode d'emploi, il faut gérer la situation comme on peut lorsqu'elle se présente, à mon avis.

– Et si je n'y parviens pas ? Si je ne l'aime pas suffisamment, si je ne suis pas à la hauteur...

– Nous y arriverons. Je te promets d'être là, quoi qu'il advienne. Les autres le font bien, pourquoi pas nous ?

– Mais lui, il m'en voudra ! Ce bébé sentira que je n'étais pas prête à l'accueillir, et s'il ne m'aimait pas ?

– Tu dis que tu n'es pas prête parce qu'aujourd'hui tu as peur, mais tu as neuf mois pour te préparer. Tu le verras grandir dans ton ventre, tu le sentiras bouger...

Antoine soupira et Ève crut déceler une pointe d'envie. Il s'assit et lui prit les mains.

– Un lien parent-enfant, ça se construit au fil du temps, comme toute relation. Toi, tu auras même une longueur d'avance parce que tu vas le mettre au monde après l'avoir porté, et quand tu l'auras enfin dans les bras, il ne te sera pas vraiment étranger.

Antoine fit une pause puis sourit malicieusement :

– Je ne crois pas que l'amour sera un problème si tu t'inquiètes déjà de son bien-être, tu n'es pas d'accord ?

L'argument parut logique et Ève ne sut le contredire. Moins que de voir naître ce bébé, elle appréhendait surtout de lui faire du mal par son incompétence ou son égoïsme, un héritage paternel donc elle avait conscience et honte à la fois. Antoine reprit :

– Tu verras, ça se passera bien. Et tu seras folle de lui...

– ... ou d'elle !

Ève se figea d'étonnement. Là encore, les mots avaient franchi ses lèvres malgré elle, or cette fois ils trahissaient une forme d'espérance.

Les jours qui suivirent, Ève se sentit partagée, comme bloquée entre deux mondes, le passé et l'avenir, le familier et l'inconnu. Préoccupée, elle devenait songeuse puis reprenait ses esprits, alternant anxiété et optimisme. Antoine la réconfortait par sa seule présence. Quand l'inquiétude, trop forte, se jouait de sa raison, elle allait se blottir contre lui en silence. Il proposa de s'installer chez elle, ce qu'elle accepta aussitôt. Les heures les plus faciles à vivre étaient celles passées au travail où les occupations nombreuses l'empêchaient de s'appesantir sur les conséquences de sa décision et ce qu'elles impliquaient. Un matin, en s'installant à son bureau, elle découvrit dans son sac à déjeuner en toile un paquet cadeau soigneusement emballé sur lequel elle reconnut l'écriture d'Antoine, à même le papier : « Dans l'attente du petit visiteur. Je t'aime, A. » Ève déchira l'emballage d'un geste vif en évitant d'abîmer le message d'Antoine ; il s'agissait d'un livre sur la grossesse et les premiers mois du nouveau-né, un classique du genre. Elle se retint de pleurer.

Peu à peu Ève apprivoisa son corps, passant de longues minutes à s'observer dans le miroir en pied de la salle de bain. Elle touchait son ventre, se tâtait légèrement les seins, devenus sensibles. Elle sondait son apparence, à la recherche d'imperceptibles changements, signes de sa métamorphose.

Désormais elle ne serait plus uniquement femme, mais aussi mère, et se demandait pourquoi une telle évolution, pourtant naturelle à d'autres, la perturbait à ce point.

Les heures, les jours s'écoulaient, rythmés par de nouvelles obligations telles que les rendez-vous réguliers avec l'obstétricienne, les analyses en laboratoire ou l'achat de vêtements de grossesse. Ève réduisit sa consommation de tabac en projetant à chaque cigarette d'arrêter définitivement de fumer. Elle avait bon espoir de réussir.

Antoine était essoufflé, il courait depuis qu'il avait raccroché. Il s'empressa d'interpeller Sophie au standard pour lui demander de bloquer ses appels parce qu'il devait partir, il lui expliquerait. Vu son expression alarmée, elle ne posa pas de question. Il dévala les marches menant vers l'entrée et évita de justesse les portes en verre, comme prêt à les traverser avant qu'elles ne s'ouvrent d'elles-mêmes. Il héla un taxi, trébucha sur le trottoir et s'engouffra dans le véhicule en criant presque l'adresse de destination.

Lorsqu'il arriva sur le palier, la porte d'entrée de l'appartement était entrouverte et il entendit des voix étouffées de l'autre côté. La gorge nouée, Antoine poussa la porte et pénétra dans le couloir, contourna un énorme sac à dos posé au sol, une bonbonne d'oxygène et ce qu'il identifia comme une trousse de premiers secours béante. Lorsqu'il aperçut Ève, elle était sur un brancard, paupières closes, encadrée par deux pompiers.

– Vous êtes son mari ? demanda un troisième homme dans son dos.

– Son compagnon, oui... murmura Antoine, les yeux rivés sur Ève qu'on évacuait prestement. Son interlocuteur, resté seul avec lui, attira son attention :

– Elle nous a contactés pour des vomissements répétés et des vertiges. À notre arrivée, elle souffrait d'une importante hémorragie...

Antoine se couvrit la bouche du revers de la main.

– C'est moi qui lui ai dit de vous appeler quand elle m'a téléphoné parce qu'elle avait mal. Elle voulait que je l'emmène à l'hôpital mais elle n'a pas évoqué de saignement ! J'ai eu peur de ne pas être assez rapide...

– Vous avez bien fait. Elle a perdu beaucoup de sang, cela s'est probablement produit après votre appel. Elle est très affaiblie et s'est évanouie deux fois depuis qu'on est là, je n'ai pas pu savoir depuis combien de temps elle est enceinte...

– Ça va faire dix semaines.

– C'est noté, je transmettrai au médecin qui va l'ausculter. Avez-vous un véhicule pour nous suivre jusqu'à l'hôpital ?

Réticent, Antoine s'enquit d'une voix blanche :

– Elle a perdu le bébé, c'est ça ?

– Je ne peux pas poser de diagnostic sans examen complémentaire, répondit le sapeur-pompier, mais mieux vaut vous préparer à cette éventualité, malheureusement. Il faut qu'on y aille et vous en saurez plus.

– Je vous suis, la voiture est au sous-sol.

Ils quittèrent l'appartement, l'un se demandant s'il n'allait pas devoir soutenir physiquement l'autre, courbé sous le poids des évènements.

À l'hôpital, une infirmière lui apprit qu'Ève avait dû être conduite en urgence au bloc opératoire. Antoine ne put en obtenir davantage. Elle lui confia un document à remplir, lui montra un siège où patienter et s'évapora, déjà accaparée par d'autres missions. Il ne la connaissait pas, mais il aurait voulu qu'elle reste un peu avec lui. Dans ce couloir arpenté par des gens égarés ou pressés qui ne semblaient pas le voir, jamais il n'avait éprouvé une telle solitude.

Il ignorait depuis combien d'heures il attendait, assailli d'idées noires et de questions sans réponses, quand il remarqua à l'autre bout du couloir un chirurgien entre deux âges qui, ôtant sa calotte, interrogeait une infirmière. Comme elle le désignait, Antoine se leva et s'approcha. La mine sombre du médecin n'augurait rien de bon.

– Bonjour, je suis le docteur Benjamin, c'est moi qui ai opéré votre compagne. Elle est stable à présent, on a évité le pire.

Antoine pressentait à son embarras que cela ne serait pas si facile, il y avait autre chose. Il se tenait en équilibre au bord du gouffre avec l'illusion de pouvoir éviter la catastrophe s'il ne bougeait pas d'un pouce. D'une simple question, jamais anodine, il bascula dans l'abîme :

– Que s'est-il passé ?

Le chirurgien le fit s'asseoir près de lui avant de répondre.

– Le fœtus n'a pas survécu, je suis désolé.

Antoine cligna lentement des paupières.

– Il s'agissait d'une grossesse ectopique tubaire, autrement dit une grossesse extra-utérine. L'œuf n'avait pas migré jusqu'à l'utérus et s'était implanté dans la trompe de Fallope, il n'était pas viable.

La lente chute d'Antoine n'était pas terminée.

– Il arrive que cela ne soit pas détecté au premier examen en raison du stade précoce de la grossesse. Sans intervention, l'œuf finit par endommager la trompe quand il commence à se développer. C'est ce qui est arrivé. Ève a saigné abondamment parce que la trompe s'est rompue. Nous avons dû la retirer pour arrêter l'hémorragie et...

L'impact était proche.

– ... en contrôlant l'autre trompe, nous avons constaté qu'elle était atrophiée. Ce que je veux vous dire, Monsieur, c'est que j'ignore si votre compagne pourra de nouveau être enceinte.

Antoine laissa échapper un gémissement. Le choc fut plus violent qu'il ne l'aurait cru, comme si en lui tout se heurtait pour former deux parties distinctes, où espoir et certitude s'étaient désolidarisés et s'entrechoquaient.

– Est-ce qu'elle est au courant ?

Elle est encore en salle de réveil mais elle sera bientôt transférée dans une chambre. J'irai le lui annoncer mais je voulais vous prévenir, elle aura besoin de vous.

Antoine se mit à pleurer. Le médecin posa la main sur son épaule :

– Il va vous falloir être fort pour deux. Cela risque d'être compliqué mais elle s'en remettra. Courage.

Effondré, Antoine acquiesça péniblement. Le docteur Benjamin esquissa un sourire compatissant et s'éloigna. Antoine demeura avec sa peine.

Lorsqu'il pénétra dans la chambre, Ève était dans son lit d'hôpital, visage tourné vers le mur. Sa frêle silhouette se perdait entre les draps. Des cernes marquaient ses yeux vides et gonflés, sans doute avait-elle pleuré jusqu'à l'épuisement. Elle ne réagit pas quand il s'assit sur une chaise près du lit. Antoine ne savait quoi dire pour la consoler ; tout lui paraissait inapproprié en ces circonstances. Ils souffrirent en silence, chacun de son côté mais partageant une peine indicible.

– Tu m'as forcé la main.

Ève avait murmuré si bas qu'Antoine, interloqué, n'était pas sûr d'avoir compris ce qu'elle avait dit. Elle le fixa et reprit plus fort :

– Je n'en voulais pas, et toi tu as insisté. Il a fallu que tu t'en mêles.

Ses traits, qu'il connaissait par cœur, s'étaient soudain durcis, elle n'était plus elle-même.

– C'était aussi mon bébé, je te signale, répliqua le jeune homme. Personne ne pouvait prédire ce qui s'est passé.

La jeune femme poursuivit :

– Tu m'as incitée à l'avoir, je ne demandais rien mais toi, tu m'as fait espérer. Et maintenant...

Un sanglot l'empêcha de finir sa phrase. Elle avait l'impression que l'enfant n'avait pas voulu d'elle parce qu'elle avait hésité à le garder. Antoine prit délicatement ses doigts dans les siens.

– Mon Amour, ce n'est ni ma faute, ni la tienne. Ce sont des choses qui arrivent...

– Mais ils ont dit que je n'aurai probablement jamais d'enfant, tu te rends compte ?

– Et alors ? On s'aimait déjà quand la question ne se posait pas et on était heureux, non ? On peut surmonter ça...

Il réprima ses larmes avec difficulté.

– C'est tellement injuste... chuchota Ève, brisée.

Il se leva pour la serrer dans ses bras et caressa ses cheveux tandis qu'elle pleurait sur son épaule un bonheur inattendu qui s'était dérobé.

## PLASTIC MABOROSHI

*Le caractère transitoire de mon existence est pareil aux illusions.*

Kūkai, *Œuvres complètes*

Lorsqu'ils s'étaient rencontrés, elle fredonnait sa mélodie préférée, une chanson de son père à lui. Elle roucoulait à tue-tête les *Je t'aime* du refrain lorsque la sonnette l'avait interrompue. En le découvrant à sa porte, sa voix défaillit et elle demeura pétrifiée, rougissante. Il était la dernière personne au monde qu'elle aurait imaginé trouver sur le seuil de son appartement, lui dont elle avait prononcé le nom la veille, lors d'une conversation, quand on lui avait demandé le nom de son musicien favori. Sans hésitation elle avait cité cet artiste engagé, disparu alors qu'elle n'était qu'un bébé mais dont la musique et les images avaient imprégné sa mémoire au point de ne resurgir que quelques années plus tard, au cours d'un étrange sentiment de déjà-vu, à l'apparition du célèbre visage dans son poste de télévision. Elle *savait* qu'elle ne découvrait pas cet air, il était en elle depuis toujours. À l'évocation du fils, auteur-compositeur-interprète de son âge, elle avait affirmé son attrait pour sa musique, réfutant toute comparaison avec le père dont le statut d'icône planétaire, aux dires de certains, occultait le talent de sa progéniture. En effet, si d'aucuns accusaient le jeune homme d'utiliser le nom de son père plutôt qu'un pseudonyme, d'accentuer leur stupéfiante ressemblance physique afin de marcher sur ses traces et se frayer un chemin vers une gloire usurpée, elle ne partageait pas ce point de vue, arguant que le fils possédait clairement son propre univers artistique. À cet instant, elle ignorait qu'il était présent, assis derrière elle dans cet avion de ligne qui les emmenait au même séminaire de travail à l'issue duquel il devait se produire sur scène, et qu'il avait tout écouté.

Sensible à la sincérité de ses paroles, et peut-être en raison de la mélancolie qu'il éprouvait ce soir-là, il voulut la revoir. Simplement pour jouir de la compagnie de quelqu'un qui se comporterait avec naturel, sans calcul ni arrière-pensée. La désagréable impression d'être entouré d'hypocrites, de courtisans davantage soucieux de leurs intérêts que des siens ne le quittait pas depuis l'enfance. Il remarquait toujours au fond de leurs yeux cette lueur trahissant leur espoir d'obtenir quelque chose de lui. Calme, posée, l'étrangère ne correspondait en rien à sa multitude de groupies, hystériques dès qu'il les saluait. À son grand désarroi, il produisait cet effet chez la plupart des femmes, conscientes de ce qu'il représentait, argent, notoriété, succès, mais parfaitement ignorantes du poids qui pesait sur ses épaules et des efforts constants que son désir d'exister par lui-même exigeait. Intrigué par celle qui avait si bien parlé de lui sans le connaître, il s'était servi de son influence pour obtenir son identité et trouver un prétexte pour lui rendre visite, en évitant de réfléchir aux conséquences de sa démarche. Arrivé devant sa porte, il s'efforça d'ignorer les doutes qui l'assaillaient.

Persuadée qu'il s'agissait d'un coursier chargé de livrer une ébauche de projet publicitaire à retravailler comme elle en avait été informée par téléphone, elle ouvrit la porte sans prendre la peine d'éteindre la musique diffusée par sa chaîne laser. Émue par la plus illustre voix des années soixante-dix, elle avait entonné cette chanson qu'elle affectionnait tant, véritable hymne à l'être aimé. La stupeur de voir cette personnalité plantée devant elle un dossier à la main la laissa interdite, tandis que la musique continuait d'emplir la pièce. Elle devina de suite qu'il l'avait entendue à travers la porte et en conçut un vif embarras qu'il put percevoir. Déconcerté mais heureux de la découvrir dans un quotidien qu'elle ne tentait pas de dissimuler au profit d'apparences aussi flatteuses que mensongères, il indiqua à la jeune femme perplexe déposer des documents urgents de la part de son employeur. Puisque son interlocutrice ne pipait mot, l'artiste justifia sa présence : il venait de signer un accord de représentation avec l'entreprise dont il allait contribuer à moderniser l'image et avait proposé de se rendre en personne chez la collaboratrice sur le chemin du retour. Celle-ci s'empara du dossier qu'il lui tendait et, pressée de couper le fond sonore, l'invita à entrer.

Elle lui fit face, ne sachant que dire, déroutée par l'irruption de ce chanteur dans son salon. S'il ne correspondait pas aux canons de beauté masculins, son charme discret la touchait, probablement parce que la douceur de ses traits lui rappelait ce visage plaisant qu'elle avait vu enfant à la télévision. D'un ton hésitant, elle le convia à s'asseoir, il s'exécuta. Elle soutenait difficilement son regard insistant où se mêlaient curiosité et espièglerie. Visiblement amusé, il semblait chercher à lire en elle. Elle s'éclaircit la voix pour se donner une contenance et prit place au bord d'un fauteuil. Dans la pièce planait un lourd silence. Le cœur battant, elle le questionna sur ses attentes ; en réponse il lui suggéra d'aller en discuter au restaurant. Elle jeta un coup d'œil à la fenêtre : il faisait beau, l'appel du grand air était trop fort. Elle avait besoin de respirer. Ne pouvant réprimer son envie, elle lui dit préférer un pique-nique dans le parc voisin, avant de déplorer intérieurement cette lubie. Loin de s'offusquer, il apprécia cet anticonformisme et approuva la suggestion d'un hochement de tête.

Ils avançaient dans le parc, s'interrogeant tous deux sur ce qu'ils faisaient là et où cette situation inédite les conduirait. Afin de relancer le dialogue, il déclara bien connaître le parc pour y avoir joué enfant, elle le pria alors de choisir le lieu du repas, si possible calme avec une jolie vue. Il la mena jusqu'à un arbre immense près duquel des rochers entouraient un tapis herbu parsemé de fleurs. Enthousiaste, elle se retourna : ils dominaient toute une partie du parc, dont un petit lac où se reflétaient les rayons du soleil. Il sut qu'il ne s'était pas trompé et leur satisfaction mutuelle brisa la glace. Ils déployèrent une couverture, s'installèrent, déballèrent les provisions achetées en chemin. Peu à peu, ils firent connaissance, entre rires et anecdotes, ils se racontèrent, à l'écart du monde, dans l'exquise fraîcheur de leur alcôve végétale. Encouragés par la quiétude de l'endroit et leur connivence naissante, ils évoquèrent leurs vies, partagèrent les doutes et les aspirations qui les animaient. Ils se découvrirent de nombreux points communs et se réjouirent de bavarder, partageant leurs opinions sur des sujets variés tels que l'art ou l'environnement. Versés dans l'humour à froid, ils pratiquaient la même forme d'ironie, glissant çà et là une remarque piquante au détour d'une phrase anodine, remportant la victoire du sourire de l'autre. De temps en temps, la conversation se ponctuait de pauses timides. Il la trouvait de plus en plus attirante ; douce et pleine d'esprit, son port de tête, la finesse de ses mains et la mine pensive qu'elle prenait parfois lui plaisaient. Au cours de la discussion il ne put s'empêcher d'imaginer le goût de ses lèvres. Pour sa part, elle aperçut son regard qui s'attardait sur sa bouche mais refusa d'y déceler quoi que ce soit. Affable, il ne concordait pas avec l'image qu'elle s'était faite d'une célébrité, il n'était ni hautain ni superficiel. Au contraire il manifestait un intérêt réel pour ce qu'elle exprimait et il restait modeste, même quand ils abordèrent sa musique ou sa formidable réussite. Il se sentait détendu en sa compagnie parce qu'elle agissait *normalement* avec lui, le traitait en égal sans minauder ou se répandre en termes exagérément admiratifs, ce qui n'arrivait que trop rarement. Après quelques heures ils décidèrent d'aller marcher en ville.

L'après-midi touchait à sa fin, la luminosité déclinait et ils devisaient encore, s'arrêtant pour observer les vitrines et commenter ce qu'ils y voyaient. Ils se promenaient sans but précis, seule comptait la joie d'être ensemble. La ville bouillonnait autour d'eux, passants, taxis ou commerçants affairés évoluaient tandis que la nuit prenait le pas sur le jour, éclairant progressivement réverbères et devantures. Le couple arriva bientôt au cœur d'un quartier huppé, où dominait l'architecture renaissance. À mesure qu'ils avançaient germa dans la tête du jeune homme une idée qu'il n'osa formuler de suite. Il redoutait de lire la déception dans les yeux de celle qui l'accompagnait et sottement gâcher cette belle rencontre. Absorbé dans sa réflexion, il gardait le silence. Elle remarqua son air absent, alors il se lança et offrit d'aller boire un café à son appartement situé non loin. Il ne se l'expliquait pas mais il désirait lui présenter son univers. Entré dans sa vie en franchissant sa porte, il éprouvait maintenant le besoin de la laisser faire de même. Consciente de ce que cela impliquait, elle pesa sa décision avant d'accepter.

Ils cheminèrent en direction d'un grand immeuble cossu qui se dressait à l'angle de la rue. Il pénétra sous le porche d'un pas assuré, avec les aises de l'habitude. Elle le suivit en inspirant une longue bouffée d'oxygène afin de neutraliser l'anxiété qu'elle sentait croître au creux de son estomac. Le caractère imposant de l'édifice l'intimidait et ce fut pire encore lorsqu'elle avisa la richesse des miroirs, moquettes et fers forgés qui ornaient l'entrée. Elle entrevit une cour intérieure alors qu'ils se dirigeaient vers l'ascenseur. Dans la cabine, elle regarda son guide appuyer sur le bouton du dernier étage et, pour ne pas songer à la proximité de ce corps séduisant, elle tenta de se représenter ce qu'il pouvait contempler depuis ses fenêtres. L'ascenseur s'ouvrit au milieu d'un couloir lumineux bordé de baies vitrées. Ils firent quelques pas étouffés par un épais tapis jusqu'à une double porte en bois laqué. Pendant qu'il sortait ses clefs, elle jeta un coup d'œil en arrière : combien d'autres nantis vivaient ici, dans le voisinage d'un chanteur connu ? Le cliquetis de la porte qui s'ouvrait la tira de ses considérations et elle pénétra dans l'appartement.

La décoration d'un modernisme épuré ne la surprit guère, son hôte favorisait la sobriété. Le salon clair et spacieux, dont les murs blancs tranchaient avec la teinte sombre du parquet, donnait sur un couloir traversant une enfilade de pièces. Unique fantaisie, dans un angle trônait une superbe cheminée art déco. De l'autre côté, des instruments de musique attendaient l'inspiration de leur propriétaire. Le premier réflexe de la jeune femme, soucieuse de masquer sa gêne, fut de se rendre à la fenêtre. Elle admira la vue : l'habitation surplombait les alentours, offrant le spectacle d'un quartier vivant, en contraste avec son sentiment d'évoluer en marge du monde, hors du temps, comme s'il s'était suspendu à la minute où le couple entrait dans l'immeuble. Depuis lors en effet, pas un bruit extérieur n'avait su leur parvenir : une atmosphère feutrée, complice, les enveloppait. Subitement consciente du silence ambiant, elle fit volte-face ; planté au milieu du salon, le musicien la scrutait d'un air qu'elle ne sut interpréter. Elle aperçut au-dessus de la porte d'entrée, sur toute la largeur de la pièce, une mezzanine à laquelle menait un escalier en colimaçon. Ils restèrent quelques secondes à se fixer et elle cessa de réfléchir. Elle avança sans le quitter des yeux. Impatient, il desserra la mâchoire, entrouvrit les lèvres, et quand elle fut devant lui, il lui remonta doucement une mèche de cheveux qui effleurait sa joue. Puis il se pencha et l'embrassa passionnément, jouant de ses lèvres, de sa langue avec gourmandise. Plaquée contre lui, elle répondit à sa fougue. Incapable de résister, ses jambes menaçaient de faiblir, sa tête tournait, son corps brûlait, elle ne contrôlait plus rien. Lentement il lui prit la main et recula de quelques pas jusqu'à l'escalier qu'elle gravit derrière lui.

Un large lit baigné de lumière trônait sous une haute fenêtre. La retenue succombant au désir, l'homme se tourna vers la jeune femme, posa une main sur sa nuque, caressa ses pommettes du bout des doigts et l'embrassa tendrement. Elle glissa ses bras autour de son cou ; l'envie de fusionner se faisait si pressante qu'elle faillit lui enfoncer les ongles dans la chair. Il la couvrit de baisers, lui ôta ses vêtements et l'entraîna vers le lit. Ils firent l'amour comme s'ils se connaissaient depuis longtemps, tout à leur bonheur de s'unir enfin au terme de quelque séparation originelle. Puis ils s'endormirent enlacés, apaisés d'avoir étanché leur attirance réciproque.

Elle s'éveilla dans ses bras, ivre de son torse imberbe et galbé, de l'odeur de sa peau. Il ouvrit les paupières, sourit et resserra son étreinte. Le plaisir les submergea tandis que leurs caresses se muaient une nouvelle fois en communion physique. Quand ils résolurent de se lever, la matinée était bien avancée. Ils prirent un bain, histoire de prolonger leur intimité. Assis face à face dans la baignoire ovale, ils se laissèrent bercer par le frémissement de l'eau, savourant le moment. Sans un mot, leurs sens ne tardèrent pas à s'embraser, les corps se rapprochèrent, et bientôt ils faisaient l'amour. Un simple échange de regards déclenchait leur appétit charnel et ils ne pouvaient s'empêcher de mêler leurs voluptés avec ferveur. Après le bain, elle enfila le confortable peignoir trop grand pour elle qu'il lui tendit, pendant qu'il s'enroulait une serviette autour de la taille. Le seul fait de se frôler ranima leur désir et ils s'arrachèrent le tissu éponge qu'ils portaient.

Comblés, repus de sensualité partagée à maintes reprises, ils se rendirent compte que la faim les tenaillait. Ils s'habillèrent et descendirent à la cuisine préparer un copieux déjeuner qu'ils consommèrent en intimes, bavardant et riant de futilités. La voir aussi spontanée le délectait, elle était ravissante. La sonnerie du téléphone retentit. Il ne répondit pas. Il voulait ne fût-ce que quelques heures mettre sa vie entre parenthèses et rester auprès de cette femme qui lui prodiguait de la tendresse. Elle l'appréciait tel qu'il était, sans envisager de profiter de lui. Au bout de quelques minutes, le téléphone résonna de nouveau ; le correspondant semblait s'impatienter au bout du fil. Les amants se figèrent mais devant l'insistance de l'importun, le jeune homme soupira et s'éclipsa pour aller décrocher le récepteur. De retour dans la cuisine, il arborait une expression neutre. Une idée aussi déchirante qu'une lame émoussée jaillit dans l'esprit de son invitée : l'appel provenait de sa petite amie. Dès lors, la réalité la rattrapa brutalement. Un chagrin cuisant se mit à éclore en elle, fleur vénéneuse distillant son poison acide dans ses veines glacées. Il se rassit en face d'elle, esquissa un sourire triste, se détourna imperceptiblement. Déjà, il changeait. Il devenait cet *autre* inaccessible qui n'aurait jamais daigné poser les yeux sur elle. Qu'avait-il fait ? Son for intérieur lui soufflait de se montrer raisonnable. Il risquait de perdre sa fiancée, un mannequin sublime dont il se savait très amoureux, pour une incartade, un visage dans la foule, une silhouette noyée parmi les insignifiants que quelqu'un de son importance ignore comme on marche au bord de l'eau en évitant de se mouiller les pieds. Il s'était laissé atteindre, tant pis, il l'oublierait vite et sans effort, l'incident ne laisserait aucune trace, s'évaporant au soleil de sa vie trépidante. Un malaise s'installa entre eux ; ils ne réussirent pas à reprendre leur discussion. Elle se résigna et fit ce que lui dictait l'évidence : elle laissa sa serviette sur la table, se leva calmement et sortit de la cuisine. Il toussota et la rejoignit dans le salon. Elle faisait le bon choix, cependant il peinait à l'admettre. Elle saisit prestement son sac, murmura un adieu et s'éloigna. Elle atteignait la porte lorsqu'il la retint par le bras. Il s'excusa, tenta de se justifier. Afin d'abréger ce départ aussi douloureux qu'inéluctable, elle se contenta de secouer la tête et quitta l'appartement sans se retourner. Désemparé, il ne fit rien pour l'empêcher de partir. Une pluie battante crépitait sur les vitres, troublant l'horizon. Sur le palier, elle appela l'ascenseur en réprimant ses larmes. Elle espérait qu'il change d'avis mais comprit qu'il ne viendrait pas quand la cabine se referma sur elle, la renvoyant à sa solitude.

Au petit matin, elle se réveilla en sursaut. Le souffle court, elle ne savait plus si elle avait vécu ou rêvé ses souvenirs. Unique certitude, l'âpre sensation qui lui nouait la gorge – le goût du regret.

### LE MIROIR

*Tant de choses entr'aperçues, ne pourront jamais être vues.*

Victor Segalen, *Peintures*

Tristan était en retard et il ne roulait pas assez vite à son goût. Dehors, les rayons du soleil faiblissaient tandis qu'une légère bruine parsemait le pare-brise d'une nuée de petites gemmes. Le paysage défilait à vive allure et Tristan vérifia l'heure une nouvelle fois en pestant. Il eut à peine le temps de lever les yeux qu'il heurta de plein fouet une Renault qui avait surgi trop tard dans son champ de vision. Une seconde d'inattention et elle se trouvait devant lui, inévitable. Tristan se cramponna au volant en serrant les dents. Les deux véhicules se télescopèrent dans un fracas de tôle froissée. Tel un jouet entre les mains du destin, l'automobile partit en tête à queue puis quitta la route dans une série de tonneaux. Le conducteur, remué en tous sens, grommela *Bon sang !* avant de sentir son crâne, entraîné par l'inertie, percuter la portière. Le côté gauche de son visage fut projeté contre la vitre qui se fissura sous la violence de l'impact. Tristan perdit connaissance.

– Il se réveille.

Tristan ne parvenait pas à identifier cette voix teintée d'émotion contenue : son esprit tournait encore dans l'habitacle. Il tenta de se redresser mais le simple fait de bouger la main pour y prendre appui lui arracha un gémissement.

– Chéri, c'est moi. Je suis là, détends-toi.

– Claire… Qu'est-ce qui s'est passé ?

– Tu as eu un accident de voiture et on t'a emmené à l'hôpital. À présent tu es hors de danger.

La quadragénaire voulut sourire mais ne put réprimer ses larmes face au visage tuméfié de son époux. L'infirmière chargée de veiller sur Tristan s'empressa d'aller chercher le médecin.

– Alors, Monsieur Coppelle, comment vous sentez-vous ? dit-il en entrant dans la chambre.

– Comme quelqu'un qui sort d'une machine à laver, je suppose.

– Vous ne croyez pas si bien dire... Je sais de quoi je parle, je vous ai opéré. Mais vous avez la force de blaguer, c'est bon signe.

Le chirurgien consulta la feuille de soins et, levant les yeux, s'aperçut que Claire, assise près de Tristan, tremblait de tous ses membres.

– Vous êtes très éprouvée, c'est parfaitement normal. Peut-être devriez-vous aller boire un café pendant que j'examine votre mari.

Claire hésita. Le praticien s'approcha d'elle et chuchota :

– Il est préférable que nous soyons seuls pour ce que j'ai à lui annoncer, croyez-moi.

Elle s'exécuta, puisqu'il en était convenu ainsi.

Tristan peinait à se remémorer les derniers événements. Ses membres étaient endoloris. Il se tut pendant que le médecin l'auscultait puis ironisa d'une voix pâteuse :

— Dites-moi, Docteur, ai-je survécu ?

— Apparemment.

— Pourquoi je ne peux pas bouger ?

— Rassurez-vous, cela ne va pas durer. Vos réflexes vont revenir. Vous avez de multiples fractures à l'épaule, au bras et aux jambes, ainsi que plusieurs côtes fêlées. Sans compter les contusions un peu partout. On peut dire que vous l'avez échappé belle.

Tristan profita pleinement du silence qui suivit. Au final, il avait évité le pire, même si son corps n'était plus qu'une immense plaie. Constatant que la chambre était plongée dans l'obscurité, il voulut connaître la raison de cette mesure, mais le praticien devança sa question.

– Il faut que vous sachiez que le bilan n'est pas entièrement positif. Votre accident a causé des dégâts. Ses conséquences sur votre organisme sont graves...

Le chirurgien toussota et s'assit près de Tristan.

– Il se trouve que vous présentez un important traumatisme crânien, exposa-t-il d'une voix douce. La partie gauche de votre tête a été meurtrie par des morceaux de verre quand la vitre de la portière a éclaté et votre œil n'est plus fonctionnel. Quant à l'autre...

Tristan comprit que la vérité serait difficile à affronter ; une souffrance morale était sur le point de s'additionner à la blessure physique. Néanmoins il se risqua à demander :

– C'est pour ça que vous me gardez dans la pénombre ?

– Nous avons réduit la luminosité pour ne pas fatiguer votre vision. Durant votre... sommeil, les coupures ont pu être soignées, seulement...

Son interlocuteur eut l'impression que son lit s'effondrait sous lui.

– Je ne vois presque rien ! s'exclama-t-il. Ne me dites pas que… mes yeux…

– Nous avons fait notre possible pour sauver l'œil qui vous reste, mais sachez qu'il a été fragilisé.

Tristan ne répondit pas. Au-delà de l'abominable réalité du malade qui se sait condamné, il songeait à son épouse et à leur fils. Clément… Petit être, noyau de vie, promesse d'avenir qu'il ne verrait jamais franchir les étapes de l'existence. *Voir…*

– Tristan ?

Celui-ci tourna la tête en direction de son docteur et esquissa un pâle sourire. Ses lacérations au visage seraient résorbées grâce à la chirurgie esthétique. En revanche, l'œil gauche était perdu et le droit, très abîmé. En sursis.

Tristan quitta l'établissement sous un ciel gris. L'air frais pénétrant ses poumons le fit s'étrangler tandis qu'ils évacuaient l'effluve écœurant de désinfectant propre aux hôpitaux. À son arrivée chez lui, le plaisir de retrouver sa maison après des semaines de soins multiples s'estompa vite, vaincu par une profonde mélancolie. Tristan perdit le goût de vivre.

Ses proches lui rendirent visite, manifestant leur compassion. Claire et le petit Clément multipliaient les marques d'affection, en vain. Tristan ne pensait plus qu'à l'accident ; son handicap était une obsession. Il n'acceptait pas son état. Jour et nuit, il redoutait la mort de son œil affaibli qui le rendrait aveugle. Autrefois si drôle et spirituel, il devint taciturne. Lorsqu'il était seul, il pleurait tout son soûl, sanglotant comme un enfant sur l'injustice et le malheur qui l'accablaient. Il préféra bientôt la solitude, recherchant une quiétude illusoire dans le repli sur soi.

Un jour, le chagrin l'assaillit à tel point que Tristan se réfugia dans la salle de bain pour se rafraîchir. Il s'assit sur le rebord de la baignoire et son regard se posa sur l'éponge de toilette appartenant à sa compagne. Tendant le bras, il la prit délicatement, à l'instar d'une relique ou de cristal précieux. Ses mains se mirent à trembler. Claire... Assurément la plus belle femme qu'il avait jamais vue – qu'il verrait jamais. Des larmes gouttaient sur l'éponge qui les absorbait inéluctablement. Il enviait l'objet dont il caressait du pouce les aspérités. Cette éponge glissait tous les matins sur le corps de celle qu'il aimait, explorait chaque rondeur, chaque mystère.

La dépression engendrait chez lui d'impressionnantes sautes d'humeur, lui interdisant toute forme de satisfaction. Claire se dévouait à son mari versatile, qui s'irritait certains jours du zèle dont elle faisait preuve dans ses rôles d'épouse et de mère. Il vivait mal sa dépendance nouvelle, qui lui rappelait constamment ses défaillances. À d'autres moments, il s'attendrissait des efforts constants de sa femme, qu'il disait ne pas mériter. Comment pouvait-elle tolérer la présence d'un estropié, d'un homme reconstitué par la chirurgie plastique ? Pourquoi ne le quittait-elle pas puisqu'il n'était qu'un monstre, un être diminué, privé de l'inestimable, que nul ne pourrait jamais lui rendre ? Au lieu de cela, Claire lui administrait les soins, changeait ses pansements, le prenait dans ses bras lorsqu'un cauchemar le réveillait dans un cri.

Il leva la tête. Son reflet meurtri le dévisageait avec dégoût dans le miroir ovale. Personne ne devrait avoir à subir cela. Vivre heureux tant d'années sans même s'en apercevoir, puis tout perdre à cause d'un simple accident. *Mon accident*, se répétait-il tandis que l'angoisse l'envahissait.

– Claire ! glapit-il en se précipitant hors de la pièce. Claire ! Claire !

Il dévala l'escalier, en proie à une insondable panique. Mais son épouse n'était pas au salon. Celle qui pouvait le sauver, lui montrer le chemin, sa seule consolatrice ne l'entendait pas. Où se trouvait-elle ? Terrassé par la peur, Tristan tomba à genoux. Il se recroquevilla et pleura sans retenue, libérant son entier désespoir, sa rage, son mal-être. Dehors, les oiseaux ne chantaient plus. Il ne s'en rendit pas compte de suite ; le silence l'incita à se rendre sur la terrasse. Ni Claire ni Clément n'étaient dans le jardin ensoleillé. L'amertume de Tristan n'en fut que plus forte, il ne serait bientôt plus en mesure d'admirer ce décor. Une douce chaleur sur sa nuque, le mutisme obstiné des oiseaux et la haine de sa propre impuissance le firent vaciller. Suffoquant, il se retint au mur et posa une main sur sa poitrine, effleurant le petit crucifix en or offert par Claire la veille de l'accident. Une prémonition peut-être, confuse mais tenace. L'ombre du doute. Il n'existe pas de vie *normale*. La normalité implique nécessairement la déchirure, le deuil de tout ou partie de soi. Tristan réfréna la nausée qui le menaçait, grondait et enflait au creux de son estomac. Il se laissa glisser le long du mur crépi, chaque pointe de peinture durcie éraflant son épiderme tandis qu'il cherchait à absorber une grande bouffée d'oxygène, le poing fermé sur sa croix dorée. Quelques instants il demeura ainsi, en détresse respiratoire, parcouru de spasmes, les yeux écarquillés, tel un poisson hors de son élément.

Il ferma les yeux pour se calmer et parvint à reprendre sa respiration. Après un moment de prostration, il rassembla son courage et entreprit péniblement de se relever. Il rouvrit les yeux mais ne distingua rien : le jardin, la maison, le ciel se trouvaient dans le brouillard, masqués par un voile blanc.

Disparus. Tristan ne voyait plus. Dans un mouvement brusque, il fit volte-face et trébucha.

*******

– Tristan ? Tu m'entends ?

Il revint lentement à lui. Il éprouvait une désagréable sensation de vertige, bien qu'étendu sur le canapé. La voix de Claire précisa :

– Ce n'est rien, mon amour. Tu as fait un malaise, Clément et moi t'avons trouvé inconscient sur la terrasse en revenant de chez les voisins. Oh, Tristan, c'est ma faute, j'ai cru que je pouvais m'absenter un instant mais je n'aurais pas dû...

Elle fondit en larmes. En proie à une migraine croissante, son mari marmonna, la bouche sèche :

– Je gère, ne t'inquiète pas.

Il voulut se lever, mais des taches colorées ondulaient devant ses yeux. Il devinait sa femme accroupie à son côté.

– J'ai appelé le docteur, articula-t-elle en reniflant, il ne va pas tarder à arriver.

– Où est Clément ?

Tristan craignait que le bambin ne soit traumatisé d'assister à la déchéance de son père.

– Je l'ai ramené chez la voisine. J'irai le récupérer quand on t'aura examiné.

Tristan en conçut un intense soulagement. La sonnette de la porte retentit et Claire se précipita pour accueillir le médecin. Tristan sentit sa gorge se serrer. *Pour qui sonne le glas*, songea-t-il, acerbe.

Le tonnerre grondait au loin.

– Vous êtes en train de perdre la vue, monsieur Coppelle. *Je suis désolé.*

Cette façon de falsifier un regret à l'aide d'une expression éculée qu'ont la plupart des gens quand le malheur frappe quelqu'un d'autre agaçait Tristan. Il évitait les phrases convenues à cause de leur manque de sincérité. Or là, il avait décroché le pompon.

Il se renferma davantage. Il éluda les tentatives de sa compagne pour établir le dialogue, réfutant l'idée qu'elle puisse saisir l'étendue de sa peine.

– J'ai envoyé Clément chez mes parents. Ils s'occupent de lui, l'emmènent à l'école. Il va bien, tu sais. Tristan ?

Il demeura apathique. Les paroles de Claire résonnaient dans la tête de Tristan. Son épouse espérait se convaincre en répétant que la situation était sous contrôle. Tristan ne souhaitait qu'une chose, retrouver son équilibre. Son existence passée. Révolue. Il aurait souhaité disparaître.

À présent, il ne discernait plus que le jour et la nuit, le reste se résumait à de vagues contours. Le temps s'écoulait, les Coppelle enchaînaient les visites chez de nombreux spécialistes, ophtalmologue, plasticien, psychologue… Claire, épuisée nerveusement et physiquement, montrait des signes de faiblesse. Elle avait beaucoup maigri. Elle guettait constamment les réactions de son époux, prête à bondir au moindre de ses besoins. Tristan quant à lui s'absorbait de plus en plus fréquemment dans des idées morbides, imaginant qu'il aurait à nouveau l'usage de ses yeux dans l'au-delà. Cette pensée, qu'il savait puérile et dénuée de sens, avait le goût d'une seconde chance, étrangement réconfortante. Il se rêvait embrassant du regard ceux qu'il aimait, lisant en eux comme aux tréfonds de l'humanité, témoin de leurs péripéties terrestres. Tristan en était certain : il allait devenir fou.

Un matin, il s'éveilla au terme d'une nuit paisible. Pour la première fois depuis trop longtemps, il se sentait bien. Son cœur n'éprouvait plus la pesanteur à laquelle il avait fini par s'habituer malgré lui. Mieux, il constata que sa vision, plus nette qu'à l'accoutumée, s'était rétablie. Était-ce là l'ultime sursaut avant l'oblitération totale ? Il le saurait rapidement. Puisqu'il pouvait se déplacer, Tristan voulut profiter de ce regain de vitalité et prit la décision de se rendre en ville. Il croyait qu'en se mêlant aux autres, il finirait peut-être par leur ressembler. Si nombreux sont ceux qui souhaitent se démarquer à tout prix, Tristan n'aspirait qu'à l'ordinaire : le commun des mortels le ravissait.

Obsédé par sa nouvelle lubie, il refusa d'en informer son thérapeute mais insista auprès de Claire qui, d'abord sceptique, n'eut d'autre option que de se plier à la volonté de son mari. Elle le déposa en ville et consentit, non sans appréhension, à l'attendre à condition qu'il ne s'éloigne pas. Tristan chemina avec l'impression de refaire ses premiers pas. D'abord hésitante, sa démarche s'affirma peu à peu. Curieusement, le fait de se trouver au milieu d'inconnus, qui allaient et venaient sans faire cas de sa présence, le rassurait. Il observait les visages à la dérobée, scrutait chaque expression qu'il croisait afin d'en mémoriser les détails. Bientôt il atteignit le centre-ville et les physionomies devinrent trop nombreuses pour se prêter au jeu de Tristan. La foule qui évoluait autour de lui l'enveloppa tel un douillet manteau à l'abri duquel il pouvait se protéger de ses propres démons. Son sentiment d'appartenance à l'humanité, d'avoir sa place parmi les vivants, apaisait ses craintes, l'emmitouflait. Il revêtait sa banalité comme on enfile un costume. Il demeurait l'homme qu'il avait toujours été, malgré l'accident et le handicap.

À cet instant un visage capta son attention. La jeune femme marchait à grands pas, l'air préoccupé. Elle avait de grands yeux verts maquillés, soulignés de larges cernes, et le teint livide. Ses os saillants creusaient ici et là sur sa figure de minuscules vallées de larmes. Sa chevelure terne et peu fournie était ramassée en une tresse misérable qui accentuait les trous formés en divers endroits par une alopécie diffuse. Son allure dégingandée offrait le piètre spectacle d'un corps famélique dissimulé sous des couches de tissu griffé trop grand de plusieurs tailles. À l'évidence, chacun de ses pas lui coûtait, ainsi que l'attestait le rictus qui déformait son faciès. Frappé par cette apparition pathétique, Tristan ne put s'empêcher de la fixer. Quelque chose n'allait pas chez cette fille et, plus bizarre encore, nul ne paraissait la remarquer. En revanche, celle-ci surprit le regard de

Tristan et pinça les lèvres, visiblement mécontente de cet intérêt appuyé. Elle haussa les épaules, soupira d'un air hautain et disparut au coin de la rue dans le cliquetis de ses talons aiguilles.

Tristan poursuivit sa route en s'interrogeant sur les problèmes de cette fille et la parfaite indifférence des passants. Face à Tristan elle avait fui, pressée elle aussi de se fondre dans la masse. Si l'on veut passer inaperçu, pourquoi donc s'habiller à la dernière mode et claquer bruyamment des talons ? Ce n'était pas logique.

Tristan se hâta de rejoindre sa compagne dans la voiture. Son escapade avait tourné au vinaigre et le sentiment de marasme intérieur que dégageait l'étrange inconnue lui collait à la peau. Elle le renvoyait à son propre tourment, à la funeste nécessité de se préparer à vivre dans l'obscurité pour le reste de ses jours. En outre, le fait que personne dans cette rue n'avait esquissé le moindre geste d'étonnement face à cette malheureuse lui faisait froid dans le dos. Trop affecté, il choisit de ne pas en parler à son épouse. Celle-ci s'alarmait déjà suffisamment, inutile d'en rajouter. Il garda le silence durant le trajet du retour, tandis que Claire s'efforçait de le distraire en lui racontant sur un ton faussement enjoué ce qui lui passait par la tête. Elle craignait que son mari se terre à nouveau dans la maison. Sa bonne humeur lui manquait. Tristan n'était plus celui qu'elle avait connu et elle savait qu'en le laissant capituler, elle le perdrait définitivement. Afin de préserver la santé mentale de son époux, elle comptait le maintenir en lien avec le monde extérieur.

Quelques jours plus tard, Tristan ne pensait plus à sa déroutante rencontre. Sa vue s'était encore améliorée et il reprenait espoir. Il recommençait à plaisanter quand l'occasion se présentait et prodiguait à sa famille une tendresse que son isolement avait réprimée jusqu'alors.

Un samedi, Claire devait faire une course et lui proposa de l'accompagner. Clément grandissait et il fallait renouveler sa garde-robe. Tristan acquiesça, heureux tant de se consacrer à son fils que de renouer avec une routine familiale.

Ils trouvèrent sans mal une place où garer la voiture : le centre commercial n'était pas bondé. Lorsqu'ils pénétrèrent dans le bâtiment, Tristan s'immobilisa, jaugeant les alentours tel un amnésique retrouvant peu à peu la mémoire ; il redécouvrait ce que les autres visiteurs ne relevaient plus par lassitude, par habitude – par hébétude.

Le hall d'entrée où des haut-parleurs diffusaient des mélodies calmes et accueillantes parmi lesquelles Tristan reconnut le sombre *Shadow of the Day* de Linkin Park, était surplombé d'une immense verrière qui l'inondait de lumière. Deux étages de magasins en tous genres attendaient le chaland. Les escaliers mécaniques ronronnaient, menant quelques clients vers leur paradis du consommateur. Claire à ses côtés, Tristan contemplait d'un air amusé Clément qui, assis bien droit dans sa poussette, s'émerveillait de ce qu'il croisait. Attendri, il le prit dans ses bras et le petit garçon pépia sa joie de prendre de la hauteur.

Ils arrivèrent bientôt au niveau d'un couple de septuagénaires qui passait devant une boutique d'ameublement. Le vieil homme grogna et se frotta l'abdomen. Claire, qui admirait une lithographie originale dans la vitrine, avait le dos tourné. Intrigué par l'attitude de l'homme et ce qu'il dégageait de malsain, Tristan ne pouvait s'empêcher de le dévisager. L'homme ôta la main de son ventre en grimaçant et Tristan se décomposa. Ce qu'il vit n'avait aucun sens. L'homme n'avait plus qu'un trou béant à la place de l'estomac, une plaie sanguinolente et putride d'où pendaient des lambeaux de chair dégoulinante. Pétrifié d'épouvante, Tristan écarquillait les yeux devant l'ignoble scène. Clément s'affola de l'expression de son père et se mit à pleurer. L'agitation du garçonnet interpella Claire qui se précipita vers son mari. Surpris, les clients les contournèrent pendant que Claire dégageait son fils de l'étreinte crispée de Tristan. Elle suivit son regard fasciné mais ne repéra que deux personnes âgées qui s'éloignaient. La femme disait :

« On aura bientôt les résultats, ne t'inquiète pas, je suis sûre que tout ira bien. »

Claire se planta devant son époux.

– Qu'est-ce qui t'arrive ? Ça ne va pas ?

Tristan émergea enfin de sa transe. Le front moite, il cligna des paupières comme à l'issue d'un mauvais rêve. Hagard, il fixa son épouse et balbutia :

– Cet homme… Il n'avait… Tu… Tu as vu cet homme ?

– Oui, je l'ai vu, et alors ? Tu le connais ?

– Mais… tu n'as rien remarqué ?

– Non, j'aurais dû ? Qu'est-ce qu'il avait de spécial ?

Tristan secoua la tête. Sa compagne n'avait rien vu. Bien entendu. Comment cet homme aurait-il pu vivre ainsi ? Cela paraissait pourtant réel.

– Cette fois, ça y est. Je crois que je perds la tête, chuchota-t-il dans la voiture, tandis que Claire se concentrait sur la route en serrant le volant à en avoir des fourmis dans les doigts.

Il lui avait fallu calmer son fils et son mari. Clément s'était endormi à l'arrière – elle pouvait maintenant essayer d'obtenir une explication. *Pitié, qu'il n'ait pas perdu la raison.* Elle ignorait par quels moyens combattre l'esprit délirant de son mari et décida donc d'emmener Tristan de gré ou de force chez ce psychiatre recommandé par le chirurgien après l'accident de voiture. À l'époque, Tristan n'avait pas ressenti le besoin de consulter mais cette fois il accepta immédiatement, impatient de reprendre le contrôle de lui-même.

Il pleuvait lorsque Claire conduisit son mari à l'hôpital quelques jours plus tard. Le frottement régulier des essuie-glaces emplissait l'habitacle. Depuis l'incident du centre commercial, Tristan semblait constamment au bord des larmes et n'avait adressé la parole à personne, pas même à son fils. Son affliction était telle qu'il en avait perdu l'appétit et ses traits trahissaient son épuisement. Claire se méfiait du rendez-vous presque autant qu'elle l'attendait. Elle espérait des réponses à ses questions tout en sachant qu'elles lui déplairaient. La situation était grave, pas la peine de se mentir. À leur arrivée, la pluie redoubla ; ils durent courir jusqu'à l'entrée de l'hôpital pour éviter de finir trempés.

Ils se présentèrent à l'accueil. Alors que son épouse s'adressait à la réceptionniste, Tristan éprouva une sensation d'inconfort désormais familière. Entre vertige et suffocation, il se raidit et s'agrippa au comptoir, en proie à de soudaines sueurs froides. Claire crut qu'il appréhendait la consultation et lui prit la main afin de le guider jusqu'à l'ascenseur.

Quand les portes s'ouvrirent sur le palier, Tristan sortit de la cabine la peur au ventre. Il *savait* que quelque chose allait se produire et se préparait à l'éventualité d'une rencontre cauchemardesque. Dans le couloir, Claire et Tristan croisèrent un homme essoufflé qui salua le couple d'un signe de tête poli. Claire lui sourit, mais Tristan s'arrêta net, se couvrit la bouche de la main et ferma les yeux, luttant pour contenir sa révulsion. L'homme avait littéralement le cœur à nu. Niché au creux d'une longue entaille verticale, l'organe, fissuré, palpitait lentement en se craquelant davantage à chaque battement, comme la coquille d'un œuf prêt à éclore. Tristan rouvrit les yeux, en larmes. Constatant que son mari ne marchait plus à ses côtés, Claire se retourna et l'appela d'un air interrogateur. Tristan n'émit pas un son. À quelques mètres devant lui évoluaient des silhouettes dignes d'un bal de l'horreur. Une femme s'avançait, le bras gauche en putréfaction. Plus loin, assise sur un banc auprès de ses parents, une fillette toussait et hoquetait violemment, expectorant dans ses mains entre chaque spasme des morceaux de chair sanglante qui éclaboussaient son T-shirt. Tristan laissa échapper un hurlement. Tous les regards convergèrent dans sa direction et Claire s'élança vers lui tandis qu'il bredouillait des propos incohérents, intimant aux *monstres* de s'en aller. Déconcertée, elle ne vit que des gens stupéfaits d'assister à une prodigieuse crise de nerfs. Au comble de l'effroi, Tristan s'évanouit.

*******

Il rouvrit les paupières dans une chambre, sa femme à son chevet. Bouleversée, elle l'embrassa sur le front puis courut chercher de l'aide. Resté seul, Tristan s'adossa à l'oreiller et considéra la pièce. La peinture écaillée était d'un jaune délavé barré d'une frise autrefois lavande. La télévision posée sur une étagère d'angle indiqua à Tristan qu'il ne repartirait pas de sitôt. Il se souvint de son accès hystérique et se résigna : on allait l'interner. Après l'épisode dans le couloir, comment faire autrement ? Il était mûr pour le service psychiatrique. Pourtant il avait *vu* ces gens, leur supplice était palpable. Pourquoi personne n'avait réagi ? Il se prit la tête à deux mains en se persuadant qu'il n'était pas dément. Ce qu'il avait vu était trop atroce pour résulter de son imagination. Il y avait forcément une explication. Mais pourquoi ces visions ne se produisaient-elles pas avec tout le monde ? Jusqu'à présent, seules quelques personnes lui étaient apparues sous un aspect difforme. Il frissonna. Il n'avait aucune envie de repenser aux pantins de sang mais son besoin de comprendre surpassait sa répulsion.

Rapidement s'imposèrent à son souvenir les images de la fillette, de la femme puis de l'homme moribonds, du vieillard du centre commercial et de la jeune fille squelettique. Cette galerie de portraits hideux s'expliqua subitement : tous ces gens étaient *malades*, ils souffraient de pathologies diverses que lui, Tristan, avait la faculté de percevoir. Il décelait symboliquement la maladie au-delà de ses symptômes – probablement une séquelle de son accident de voiture, un sinistre cadeau du sort. Une conséquence qui avait échappé aux soignants, évidemment. Incrédule quant à ses propres déductions, Tristan se glissa hors du lit et tituba vers la salle d'eau. Il alluma la lumière, ouvrit le robinet et s'aspergea abondamment la figure d'eau fraîche. Oppressé, il s'appuya un instant au lavabo, tête basse. Conscient d'être au bord de la syncope, Tristan releva la tête afin de s'observer dans le miroir. C'est alors qu'une douleur aiguë lui vrilla le cœur. Il tressaillit, porta la main à sa poitrine. Avant de s'écrouler, il croisa son reflet terrifié et la dernière image qu'il put voir fut celle de ses orbites énucléées.

## UNE CHANCE INSOLENTE

Thomas croyait en sa bonne étoile. Il se sentait spécial, choyé par un Destin prompt à lui accorder ses faveurs, et ne manquait pas une occasion de s'en enorgueillir. Ce samedi-là, il eut envie de flâner un peu après avoir fait ses courses de la semaine. Il les chargea dans le coffre de sa voiture puis remonta lentement l'avenue du supermarché. Les feuillages empourprés s'éparpillaient au sol et craquaient sous le pied du passant. Thomas profitait du soleil automnal quand quelque chose au pied d'un platane attira son attention. Il pesta mentalement contre les malotrus qui jettent leurs emballages ou autres mouchoirs douteux par terre, mais la curiosité l'emporta. Il revint sur ses pas afin d'examiner ce qu'il n'avait qu'entraperçu. Il se pencha, tira sur la pointe de papier dépassant d'un tas de feuilles en formation et sortit un billet de vingt euros. Thomas jubila : la journée commençait sous les meilleurs auspices. Sa trouvaille à la main, il décida de l'utiliser pour s'offrir un verre au café du coin.

Lorsqu'il pénétra dans le bistrot, il balaya la salle du regard en quête du meilleur endroit où s'asseoir. Il se dirigea vers une table près de la fenêtre, buta au passage contre le pied d'une chaise et s'excusa auprès de la personne qu'il venait de bousculer. Une femme blonde leva alors les yeux et lui répondit poliment avant de s'exclamer de surprise. Un blanc s'ensuivit et Thomas reconnut son interlocutrice, dont le minois délicat avait autrefois marqué sa mémoire.

– Charlène ? murmura-t-il, incrédule.

– C'est pas vrai... Tom ! Ça fait combien de temps ? Douze, quinze ans ?

Charlène se leva dans un crissement de chaise et ils se firent la bise.

– Je te présente ma sœur, Lydie. Tu te joins à nous ?

Thomas n'en revenait pas. Charlène avait suscité en lui une flamme inavouée qui avait brûlé durant leurs trois années de lycée, mais il n'avait jamais osé se déclarer de crainte de perdre son amitié. Ils discutèrent un bon moment, se remémorant leur éloignement progressif quand ils étaient partis étudier dans des universités différentes. Noyée dans une conversation à laquelle elle ne pouvait prendre part, Lydie consulta ostensiblement sa montre et, n'y tenant plus, décréta qu'elle devait s'en aller – elle s'ennuyait ferme. Prétextant un emploi du temps chargé, elle embrassa sa sœur en affirmant lui téléphoner bientôt, et prit congé. Thomas commanda une bière.

– Et donc, qu'est-ce que tu deviens depuis le temps ?

Elle le fixa de son regard clair, glissa la main dans sa frange. Thomas sentit son pouls s'emballer en la voyant réitérer cette manie qu'elle avait déjà adolescente et qui le chamboulait souvent.

– Je suis graphiste dans une boîte de pub. C'est un peu la routine mais au moins c'est peinard. Et toi, ça y est, tu as réalisé ton rêve ?

– On peut dire ça, oui, j'y suis arrivée... Je bosse dans une étude notariale où j'espère devenir associée... Enfin, je l'ai porté, ce fameux costume qui te faisait tant rire !

– Je parie que tu étais ravissante, même dans cette drôle de tenue.

Charlène parut étonnée du compliment puis baissa la tête en rougissant. Son léger sourire encouragea Thomas qui ressentit le besoin de l'impressionner, comme lorsqu'ils n'étaient que des adolescents gouailleurs formatés par les séries américaines dont la télévision les abreuvait à longueur de semaine.

– C'est marrant, qu'on se soit rencontrés comme ça. Quand je pense que ça ne serait pas arrivé si je n'avais pas trouvé ce billet par terre !

L'arrivée du serveur l'empêcha de continuer. Déconcertée, Charlène porta son verre à ses lèvres, attendant la suite. Thomas reprit :

– Ouais, deux coups de chance à quelques minutes d'intervalle, qu'est-ce que tu dis de ça ? Je suis venu ici pour me payer un coup après avoir trouvé vingt euros au milieu d'un tas de feuilles et je tombe sur toi ! Dingue, hein ? Aujourd'hui je suis verni !

– C'est vrai que c'est une sacrée coïncidence...

– Non vraiment, j'ai *la baraka* je te dis ! J'ai vécu des trucs incroyables, j'ai failli mourir, et pourtant je suis toujours là !

Devant la moue sceptique de son amie, il se mit à rire.

– Je te jure ! Tiens, l'an dernier par exemple, je suis tombé d'un balcon... Des potes retapaient une vieille maison, elle est quasi finie mais ils ont eu un de ces boulots ! Bref, en discutant je m'appuie sur la rambarde, là j'entends Gilles crier « T'appuie pas ! ». Le temps que je comprenne, je suis en train de partir en avant avec la barrière ! Elle était bouffée de rouille... J'ai descendu un étage et je suis tombé sur la rambarde, je te raconte pas. J'étais dans les vapes, ils ont cru que j'étais mort. Eh bien tu me crois si tu veux, je m'en suis tiré avec un bras cassé.

– Ça alors…

– Attends, j'en ai plein ma musette, des histoires de ce genre. Il y a huit ans, je me suis endormi au volant en rentrant d'un week-end chez mes parents en Bretagne. J'ai fait une sortie de route et j'ai foncé dans un talus.

– Plus de peur que de mal, donc.

– Tu rigoles, je roulais à plus de cent kilomètres heure.

Charlène poussa un petit cri d'effroi, les yeux écarquillés. Thomas se toucha le nez.

– Fracture avec enfoncement de l'os. J'ai dû subir deux opérations mais c'est tout ce que j'ai eu. Les toubibs n'en revenaient pas, ils ont dit que c'était miraculeux. Vu la vitesse et l'état de la bagnole, j'aurais dû y rester.

– Hallucinant. Remarque... Je me souviens de cette épouvantable gamelle que tu t'étais prise en skateboard à l'époque... Ça avait été violent, tu avais percuté un arbre en bas de la grande pente, au carrefour... Tu n'avais pas été blessé, je crois ?

– Absolument, je m'étais relevé indemne...

– Et on n'a jamais compris comment c'était possible.

Charlène paraissait subjuguée. Elle était flattée que Thomas déploie autant d'efforts pour l'intriguer après toutes ces années durant lesquelles elle avait fréquemment pensé à lui. En outre, elle appréciait les trajectoires peu communes. Son interlocuteur poursuivit sa parade nuptiale, désireux de la séduire avec ses anecdotes originales qu'il se plaisait à relater – cela le valorisait, en plus d'animer les conversations. Il but une gorgée et plongea son regard dans celui de son auditrice, fier de son effet.

– C'était pas mon jour, voilà... C'est ce qu'on dit dans ces cas-là, non ?

– C'est fou ce que tu me racontes, commenta Charlène en posant le menton sur sa main. J'ai eu un accident une fois et je ne me suis pas loupée. Je suis tombée à skis, résultat je me suis pété la jambe en trois endroits. Qu'est-ce que j'ai dégusté !

– Le ski c'est pas trop mon truc. Trop froid. Moi, j'aime le soleil, la montagne en été ça me convient mieux. Tu bois quelque chose ?

Il désigna les verres vides de l'index.

– Oui, je reprendrais bien un autre Coca.

Thomas fit signe au serveur qui vint prendre les commandes d'un pas tranquille.

– Je préfère la chaleur, même si ça m'a joué des tours, comme la fois où j'ai fait une insolation sévère pendant une randonnée dans l'Aude. J'avais vingt-cinq ans et j'étais bêtement parti les mains dans les poches, sans eau ni casquette.

– La vache ! Tu aurais pu mourir, Tom...

– Je me suis tapé une sacrée fièvre par la suite, côté chaleur j'étais servi, ironisa-t-il. Mais j'étais costaud et un simple repos forcé m'a suffi.

Le serveur réapparut plateau en main et servit les consommations. Thomas lui tendit son billet en adressant un clin d'œil entendu à son amie qui relança la discussion afin de cacher son trouble. Elle retrouvait l'insouciant gamin de sa jeunesse et cela lui plaisait.

– Sinon, as-tu aussi de la chance au jeu ?

– Hélas non... Enfin, je ne crois pas... À vrai dire je ne joue jamais. J'ai tenté de participer à une tombola une fois, pour gagner un scooter dans une boîte de nuit mais...

– Tu as perdu et tu n'as plus réessayé ? le coupa Charlène, malicieuse.

– Non, un feu a éclaté et le tirage au sort n'a pas eu lieu, répliqua Thomas d'un ton calme.

Devant la mine ébahie de la jeune femme, il s'expliqua :

– Un court-circuit a déclenché un incendie et le club a entièrement brûlé, c'est passé dans les journaux... C'était abominable, les gens hurlaient, couraient dans tous les sens...

Son visage s'assombrit ; il baissa la tête, scrutant ses mains sans les voir. Au bout de quelques secondes d'un silence que son interlocutrice n'osait rompre, il murmura comme pour lui-même :

– Je crois que c'est à ce moment-là que j'ai compris... j'aurais dû mourir plusieurs fois mais... je m'en suis sorti... sans trop de mal, disons. J'ignore pourquoi, je ne l'ai jamais su.

Sa phrase se finit dans un souffle. Charlène, émue, lui toucha doucement le bras. Il releva la tête, rassembla ses esprits et se mordit la lèvre.

– Bizarre, n'est-ce pas ? Comment est-il possible d'avoir traversé tout ça sans encombre ? Tiens, la dernière en date : le premier janvier dernier, après avoir réveillonné chez ma sœur jusqu'à six heures du matin, j'attendais seul le métro pour rentrer quand j'ai été pris dans une bagarre, des soûlards ont commencé à s'insulter puis en sont venus aux mains. J'ai voulu les contourner pour appeler la police dans un coin mais l'un d'eux m'est tombé dessus, ce qui m'a projeté vers le bord du quai à l'instant où la rame entrait en station. Ma tête a cogné sur le wagon, je me suis ouvert le cuir chevelu.

Charlène posa lentement son verre sur la table.

– Pas de bol, du coup.

– Si, parce qu'à une seconde près, je n'étais pas stoppé dans ma chute et je tombais sur les rails *devant* le métro.

Son amie ne put réprimer un frisson d'effroi. Thomas regretta immédiatement d'avoir raconté cette histoire : écœurée, Charlène ne semblait plus du tout goûter ses hauts faits de trompe-la-mort. Il vida son verre d'un trait et se décida à formuler la proposition qui lui brûlait les lèvres. Il invita la jeune femme à dîner, ce qu'elle accepta avec une joie non dissimulée, soulagée de dissiper les images suscitées par l'incident du métro.

En sortant du bar, Charlène alluma une cigarette mentholée et en aspira une interminable bouffée. L'accolade qui suivit, plus longue que nécessaire, finit de convaincre Thomas de leur nécessité de se revoir. Le plus vite possible. Ensuite il la raccompagna à sa voiture, passant en revue les désopilantes péripéties de leur période lycéenne, tel camarade perdu de vue dont le souvenir marquait encore leur mémoire, ou telle connaissance qu'en revanche ils ne regrettaient pas d'avoir rayée de leurs tablettes. Ils convinrent de se rejoindre à dix-neuf heures trente dans un petit restaurant italien que Charlène prisait pour y déguster de délicieux *spaghettis alle vongole*, spécialité dont elle raffolait. Thomas regagna son véhicule et son domicile en sifflotant.

Il repensa beaucoup à Charlène dans l'après-midi. Tandis qu'il s'affairait dans son appartement, effectuant ses petites tâches du samedi, matérielles et indispensables, son esprit vagabondait vers Charlène, son physique harmonieux, son rire extravagant d'adolescente. Il imaginait le satin de sa peau. La soirée s'annonçait prometteuse. Il souhaitait vivre pleinement cette histoire qui débutait, ou plutôt reprenait où ils l'avaient laissée près de deux décennies auparavant, au milieu de cette bande d'amis séparés par l'âge adulte et leurs divergences respectives. Ses liaisons passées avaient manqué de saveur, de ce quelque chose qu'il avait recherché en vain chez Julie, Marine ou Sonia ; l'ombre de son premier amour l'avait imprégné au point de parasiter sa vie sentimentale.

L'heure du rendez-vous approchait. L'appartement était devenu présentable, la cuisine comportait de quoi préparer le petit-déjeuner du lendemain. Thomas vérifia qu'il possédait la monnaie nécessaire à l'achat de viennoiseries matinales, au cas où Charlène accepterait de venir prendre un dernier verre. Après tout, pourquoi ne pas envisager cette éventualité puisqu'il était en veine ? Sa bonne fortune les avait réunis, autant en profiter : ensemble, ils allaient se bâtir un bel avenir.

Chantonnant *Sous quelle étoile suis-je né ?*, sa chanson fétiche de Michel Polnareff, Thomas choisit ses vêtements avec soin, un pantalon et un pull à col roulé noirs, les disposa sur le lit et se rendit dans la salle de bain prendre une douche. En enjambant la baignoire, un doute le saisit et il s'assura que son flacon d'après-rasage n'était pas vide car plusieurs collègues féminines l'avaient complimenté sur son parfum viril et discret. Porté par l'espoir et pétri de sentiments renaissants pour Charlène, il ne voulait négliger aucun détail. Il se frictionna avec son nouveau gel douche, se rinça, disciplina ses cheveux du bout des doigts. Au moment de quitter la douche, son pied mouillé glissa brusquement sur l'émail savonneux. Sans avoir le temps d'émettre un son, Thomas bascula vers l'arrière et, dans un craquement aussi bref que sinistre, se brisa la nuque contre le rebord de la baignoire. La chance avait tourné.

## SOUDAIN, L'ORAGE

Je ne me rappelle pas avoir été insouciante... Je suppose que j'ai dû mériter que le sort s'acharne ainsi. La perte de mon époux n'a de toute évidence pas suffi à laver mes péchés. Quel prix vais-je devoir payer pour connaître la paix ? J'ignore combien de fois je me suis répété ces mots. Jusqu'au vertige.

À vrai dire, ce n'était pas mon époux. Une autre que moi porte son nom.

Mais je ne le lui ai pas pris, il est venu à moi de lui-même.

Avant sa mort, nous passions notre temps à nous croiser dans l'appartement, trouvant parfois un moment pour discuter, dîner ou nous aimer. De nombreux couples en arrivent à faire l'amour parce qu'ils ne savent plus quoi se dire. Franck et moi n'en étions pas là. Notre entente était parfaite, notre complicité, unique. Lorsque nous nous sommes connus, son mariage était sur le déclin. Il s'accrochait malgré tout, pour l'amour de ses enfants.

Si notre relation fut exceptionnelle à plus d'un titre, je ne peux en dire autant de notre rencontre, à mille lieues des clichés romantiques de ma jeunesse. Mon histoire n'a rien d'un conte de fées, elle tient plutôt du désastre.

J'ai rencontré Franck au moment où je m'y attendais le moins. Selon la version officielle, je souhaitais acheter une voiture, j'avais donc besoin d'un prêt bancaire. Je n'étais pas prête à m'épancher sur le véritable usage que je comptais faire de l'argent – la honte rend mutique. Franck était le nouveau directeur d'agence. Nous avons sympathisé. Pas un instant je n'ai imaginé lui plaire, et pour cause. Vu mon apparence, j'ai d'abord pris ses marques d'intérêt pour de la pitié, voire de la curiosité morbide. J'en ai l'habitude ; en général, les hommes m'ignorent ou trouvent une excuse minable pour s'éclipser, embarrassés. Cette routine est amère mais je n'y prête plus attention. J'ai une poignée d'amis qui ne me dévisagent pas et je m'en tiens là.

Franck était ma lueur au bout du tunnel. Drôle et tendre, il trouvait toujours les mots pour me réconforter. Il me faisait penser à la chanson d'Eurythmics, *Here Comes the Rain Again*, que je suis devenue incapable d'écouter. Grâce à lui, moi aussi j'ai goûté aux plaisirs capiteux de l'amour, avant que le calice ne me soit brusquement retiré des lèvres… Je n'ai droit qu'à la lie.

Il est étonnant qu'un si petit mot, anodin, souvent galvaudé, bouleverse à ce point. Cela semble si commun, certains pensent même pouvoir l'acheter, mais l'amour signifie tant, une quête, un but, une philosophie. Un absolu. L'Amour est un cercle. Il arrive que le cercle soit parfait et qu'en dépit des aléas, des bosses et des pressions, il reprenne sa forme initiale, régulière et harmonieuse. Il peut se détendre, s'étirer jusqu'à la déchirure, tel un membre que l'on arrache. Ou bien se rompre d'un coup sec.

Franck était la tendresse même. Mon espoir, mon gardien, mon ange à présent. À l'annonce de sa mort, je n'ai pas réagi. J'ai cru que mon squelette tombait en poussière. Je me décomposais à sa place. C'est moi que l'on a enterrée. Avant le drame, il était là, parmi nous. Il faisait partie de ce monde, de mon univers. La seconde d'après, il n'était plus. Rayé de la carte, évaporé. Un accident bête, m'a-t-on glissé d'un air triste. Un accident est *toujours* bête, ai-je rétorqué, et je m'y connais. Ensuite... Je ne veux pas y penser.

Je la vois parfois. Celle qui l'a aimé puis brisé. Il a fait trop de concessions. Au début, il n'écoutait qu'elle, ses caprices, ses délires, ses bouderies. Il avait prévu de commander un tableau la représentant à placer dans son bureau, où il l'aurait contemplée à loisir. Mais Agnès était impossible et Franck a trouvé la force de la quitter pour moi. J'ai appris il y a peu qu'elle avait concrétisé le projet et fait peindre son propre portrait en souvenir de son époux tragiquement disparu. Leurs connaissances se pressent dans son salon pour admirer le fameux tableau qu'elle agrémente avec ostentation de paroles émouvantes attribuées au défunt.

Quelle mascarade écœurante ! Elle a encore trouvé le moyen d'attirer l'attention. Se mettre en scène, cela seul compte à ses yeux. Elle sait parfaitement manipuler les autres et s'y emploie sans vergogne. Je ne l'aime pas, elle me hait. Je me suis souvent interrogée sur cette hargne qu'elle éprouve à mon égard. Parce que j'existe, parce que Franck a pu être heureux sans elle... Au fond elle déteste tout le monde, personne ne trouve grâce à ses yeux. J'aurais dû me douter qu'elle ne me laisserait pas tranquille.

Elle a joué la carte du chagrin de l'épouse répudiée pour inciter Franck à prolonger leur cohabitation, l'accusant d'abandonner leurs fils pré-adolescents. Franck a accepté mais chaque moment de liberté auprès de moi lui valait d'acerbes commentaires à son retour chez Agnès. Gavés de mensonges en son absence, ses garçons n'ont pas tardé à lui tourner le dos.

Agnès me croit âpre au gain mais elle se fourvoie. Il est hors de question que l'on m'entretienne ; je tiens à me prendre en charge et peux subvenir à mes besoins. Franck disait souvent, une pointe de déception dans la voix, qu'elle avait épousé le banquier avant l'homme. Il s'en était aperçu trop tard. La cupidité d'Agnès a eu raison de leur mariage. Son esprit calculateur avait fini par exaspérer Franck.

Il redoutait cette influence négative sur ses enfants. Il ressassait ses inquiétudes, semblait impuissant à se détacher d'elle. Elle revenait sans cesse dans nos conversations et infligeait à son mari une véritable souffrance psychologique. Ce fut la guerre des nerfs. Depuis la mort de Franck, c'est pire.

Je dois admettre que je l'ai enviée. Cette femme a tout pour elle, contrairement à moi.

Mon unique source de joie m'a été brutalement reprise et je ne représente plus rien pour quiconque.

Il suffit de me regarder pour cerner mon point faible et elle ne manquait pas une occasion de me blesser. Franck me protégeait d'elle et des autres.

Agnès et moi avons échangé nos premiers et derniers mots devant la bibliothèque municipale où je travaille. Elle m'attendait.

– Bonsoir, me dit-elle. Je désirais vous rencontrer.

– Vraiment ?

– Je me disais que pour avoir séduit mon mari, vous deviez gagner à être connue.

D'entrée, elle annonçait la couleur. Je ne répondis pas. Elle me toisait, l'air mauvais.

– Vous travaillez là ?

– En effet, je suis documentaliste.

– Une intellectuelle... j'aurais dû m'en douter, s'exclama-t-elle, mielleuse. Il faut que vous ayez quelque chose pour vous, après tout.

Mâchoires crispées, je tâchais de contenir les larmes qui me montaient aux yeux.

Son ton se durcit :

– N'imaginez surtout pas un quelconque avenir ensemble, Audrey. C'est moi que Franck a épousée et je n'ai pas l'intention de capituler aussi facilement.

La colère me rendit mes moyens.

– Franck vous a quittée, faites-vous une raison. M'accabler console certainement votre amour-propre mais vous et moi savons que je ne suis nullement responsable de *votre* échec.

Son silence outré m'indiqua que j'avais fait mouche et je la laissai plantée là.

– Agnès est une belle garce, une vraie malade, disais-je à mon amie Hélène il y a quelques semaines. Elle cherche à détruire ce qu'elle ne peut pas obtenir…

– Je suis sûre que tu te trompes ! Elle doit avoir d'autres chats à fouetter que chercher à te nuire par tous les moyens. Et n'oublie pas que c'est une femme bafouée qui a perdu ses repères...

– Je n'ai pas provoqué leur rupture, tu le sais. Franck et elle ne s'entendaient déjà plus avant qu'il me rencontre.

– Ce n'est pas ce que j'ai voulu dire, Audrey, tu le sais.

Hélène est une amie de longue date. Elle m'a été d'un grand secours après Mickaël. Je lui dois tant. Son indéfectible soutien m'a permis de me relever. Elle est douce et jolie, j'aurais adoré lui ressembler.

J'aime flâner dans les rues. La ville est petite, on en fait vite le tour. Le dimanche, Franck me préparait pour le petit-déjeuner un plateau composé de café, de pain frais beurré et de quelques fruits qu'il venait d'acheter. Il se levait tôt pour profiter de la journée. Après l'accident j'ai adopté ses habitudes, dans l'espoir d'éprouver ce qu'il ressentait, d'apercevoir ce qu'il observait, de vivre pour nous deux en somme. Avant lui j'étais perdue, après lui je ne sais plus où j'en suis. Je reste quelquefois figée au milieu du salon, persuadée qu'il va surgir du néant, à l'image de ces récits fantastiques où l'amour est éternel. Il ne l'est pas.

Dans l'objectif d'un nouveau départ, Franck avait acheté un appartement sur plan. Je n'y étais pas favorable, car je ne pouvais pas financer cet achat de façon équitable. Cela lui était égal. Selon lui, abriter notre couple dans un logement neuf, sans passé, consoliderait notre avenir. Enthousiasmé à l'idée de nous reconstruire une trajectoire, il avait hâte de prendre possession de cet appartement et ses visites répétées sur le chantier lui donnaient l'impression de toucher davantage au but. Ainsi il suivait l'avancée des travaux, sympathisait avec les ouvriers. D'un naturel enjoué, Franck n'avait aucun mal à se lier aux autres. Un mardi que l'on a cru banal, il s'y est rendu à l'heure du déjeuner. Dans l'après-midi je recevais l'appel qui suspendit mon cœur : tandis qu'il longeait le bâtiment, Franck avait reçu sur la tête un palan qui avait cédé, le tuant instantanément.

Pourquoi était-ce arrivé ? Qu'allais-je devenir sans lui ? Comment affronter la brûlure du quotidien, les regards dans la rue, les remarques désobligeantes, la gêne immanquablement suscitée par mon apparence ? En veillant sur moi, Franck m'épargnait les affronts, m'enveloppait de tendresse. L'affection et le respect qu'il me témoignait me permettaient de garder la tête haute et d'oublier la piètre opinion que j'ai de moi-même.

Après l'accident, Agnès s'est muée en véritable furie. Jusqu'alors elle n'avait pas montré l'ampleur de sa méchante bassesse. La procédure de divorce n'en était qu'à ses balbutiements avant le décès de Franck. À l'époque Agnès se contentait d'appels nocturnes, en prenant soin de raccrocher lorsque l'on décrochait. Elle semblait mettre un point d'honneur à nous gâcher l'existence. Elle dégradait la voiture de son mari, glissait des mots insultants dans ma boîte aux lettres, refusait que je voie ses fils – que j'appréhendais de rencontrer, sachant qu'ils ne manqueraient pas de questionner le choix de leur père.

À aucun moment je n'ai eu mon mot à dire dans ce qui suivit la disparition de Franck. J'ai pu voir son corps à la chambre funéraire pour *un dernier adieu*. L'expression est mensongère car en réalité il ne cesse de me hanter depuis son décès. La certitude de ne jamais le revoir rend son absence d'autant moins tolérable. Je l'ai perdu comme survient l'orage en été : il surprend et obscurcit soudain l'horizon, noyant toute une région jusqu'à brouiller la vue, l'ouïe, la perception du monde pour prendre fin tout aussi subitement, laissant la nature retrouver son équilibre, reprendre son rythme, réinstaurer la paix parce qu'il y a toujours quelqu'un pour vous dire que la vie continue.

Agnès a pris les commandes : choix de la sépulture, fleurs et faire-part, organisation des obsèques... Après tout, l'épouse c'était elle, et moi, l'immonde *maîtresse*. Mon châtiment égalait mon crime. J'étais rejetée, bannie, niée : une voix pincée sur mon répondeur m'a annoncé que ma présence n'était pas souhaitée à l'enterrement. On me raconta par la suite qu'Agnès s'était comportée en veuve éplorée et s'était appliquée à recueillir chaque hommage, en unique détentrice d'un chagrin universel qu'elle s'accaparait.

Je me retrouvais seule, une fois de plus. À peine effleuré, mon bonheur avait volé en éclats, comme le miroir que j'avais fracassé dans ma chambre d'hôpital quelques années plus tôt en découvrant mon visage actuel. Celui d'après l'accident de voiture qui avait marqué mon profil droit d'une longue et tortueuse crevasse boursouflée. La chair était meurtrie, mon âme aussi.

Balafre. Le mot répugne autant que ce qu'il désigne. Il claque à la manière d'un coup de tonnerre dont l'éclair blême demeurera incrusté dans ma peau à jamais.

Un *stupide accident*, déjà. Au retour d'une soirée, Mickaël, mon petit ami de l'époque, conduisait trop vite et refusa la priorité à un véhicule qui ne put l'éviter. Lors de la collision, ma tête heurta le métal saillant de l'habitacle défoncé. Tout s'est passé très vite. Je n'avais que vingt ans et j'étais malmenée par l'adversité. Implacable, Mickaël a coupé les ponts quand il a vu ma blessure, arguant que mon visage dévasté lui rappellerait constamment sa faute. Quelques années plus tard, j'incarnerais celle de Franck qui avait négligé femme et enfants. Aujourd'hui il est mort et moi, je ne suis qu'une coquille vide à la fêlure trop visible.

Le prêt que je venais solliciter le jour de notre rencontre était en réalité voué au financement d'une opération de chirurgie plastique visant à atténuer ma cicatrice, puisque l'effacer était impossible. Je n'avais aucune intention d'acheter un véhicule que j'aurais été inapte à conduire, ayant développé une phobie de la vitesse après mon accident. J'ignore ce qui lui a plu en moi, sans doute mon regard qui, disait-il, lui avait évoqué celui *d'une biche aux abois*. La peine qu'il a dû ressentir à la vue de la lézarde qui descendait de ma tempe à ma joue s'est muée en autre chose. Je n'ai pas obtenu le prêt. Mais Franck a souhaité me revoir. Telle que j'étais. Ma fragilité l'attendrissait et il avait entrepris de me redonner confiance en moi. Pour cette raison il n'était pas favorable à une opération esthétique. Il a tenté de me l'expliquer un jour mais j'ai surtout pensé, peut-être à tort, que ma cicatrice le rassurait – il ne risquait pas de tomber sur un rival. Ainsi je resterais sienne quoi qu'il advienne. Je ne lui ferais jamais ce qu'il avait infligé à sa propre femme.

Agnès n'a pas accepté la séparation. Le fait que j'étais plus jeune n'a pas dû la surprendre, c'était assez classique. Ce qui l'était moins, en revanche, c'était que je ne possédais pas les atouts de la briseuse de ménage typique, excepté mon corps filiforme. Franck aimait répéter que j'avais un corps de liane. Je mangeais très peu, refusant de nourrir ce corps au visage si peu avenant. Lors de notre unique échange, j'ai pu lire la surprise se muer en rage dans le regard de Agnès. Elle aurait probablement compris que je sois belle mais la trahison de Franck pour une femme dévisagée dans un accident de la route l'humiliait à plus d'un titre. Que l'on puisse voir au-delà du physique la dépassait totalement. Elle me haïssait doublement, parce que je lui prenais son mari et parce que j'étais laide.

Les semaines ont passé depuis la mort de Franck et la seule idée de devoir *faire mon deuil*, selon l'expression consacrée, me soulève le cœur. De la flamme qu'il avait allumée en moi ne reste plus que le morne filet de fumée d'une bougie que l'on aurait soufflée. Je ne supporte plus ma vie, devenue absurde sans l'homme que j'aime ; les murs de l'appartement entre lesquels résonne encore son rire, cette ville trop familière me sont maintenant insoutenables et mon travail ne m'intéresse plus. Je dois partir, peu importe où, je ne suis plus vraiment là de toute façon. ~~Pardon~~.

*Madame,*

*Suite au récent appel à témoins publié dans votre magazine, je me permets de vous faire parvenir une lettre qui, à mon sens, correspond parfaitement au thème de l'article que vous préparez concernant « les accidentés de la vie ».*

*J'ai reçu ce témoignage par la Poste il y a quelques mois et je l'ai conservé en souvenir de mon amie Audrey. J'ignore pourquoi elle a décidé de se raconter de la sorte, je suppose que mettre des mots sur ses émotions l'a aidée à endurer les événements. Elle ne m'avait pas dit qu'elle rédigeait ce texte, pourtant nous nous sommes vues et téléphoné très régulièrement après le décès de son compagnon. Quand je me suis rendue chez elle pour la réconforter et discuter de ce document, Audrey était partie. Son appartement était vide et elle avait quitté son emploi. Je suis sans nouvelles d'elle depuis car elle n'a laissé aucunes coordonnées où la contacter. L'idée qu'elle ait pu commettre l'irréparable m'a effleuré l'esprit mais je me défends d'y croire : je la connais depuis longtemps et mon amie est plus forte qu'on ne peut le penser. Les événements tragiques qu'elle a vécus en sont la preuve. Plus probablement a-t-elle ressenti le besoin de recommencer à zéro, loin de ce qui lui rappelle Franck. Je lui souhaite de tout mon cœur de trouver enfin le repos parce que cette femme est d'un rare courage. Elle mérite le meilleur après les cruelles épreuves qu'elle a subies.*

*Je vous confie ces pages aujourd'hui parce que je suis convaincue que les utiliser dans votre article et partager l'histoire d'Audrey serait une élégante façon de rendre hommage à cette personne humble, dont la beauté est tant intérieure qu'extérieure, en dépit de la cicatrice qui lui fait si honte.*

*Vous souhaitant bonne réception, je vous prie d'agréer, Madame, mes salutations distinguées.*

*Hélène B.*

PROJECTEURS

*Aux yeux du monde, le temps est l'ennemi des femmes : il les accable et les dégrade, quand il confère sagesse et expérience au reste de l'humanité.*

Elle était actrice. Célèbre, talentueuse, elle impressionnait par son assurance et une carrière de presque cinquante ans. Plus aristocrate que saltimbanque, elle gardait une légère distance empreinte de dignité, sans jamais se montrer hautaine. Tout en elle, de sa mise à son franc-parler, exhalait une certaine noblesse qui pouvait déconcerter.

Cet après-midi-là, le miroir, dans son abrupte franchise, ne lui cacha rien. La peau moins lisse, les pattes d'oie encadrant son regard, les plis autour de sa bouche. Autrefois, Marianne Frecher, silhouette gracile, chevelure de jais et grands yeux verts, envoûtait les caméras, subjuguait le spectateur qui, sous son charme, innocent ou vénéneux selon le personnage qu'elle incarnait, n'était plus en mesure de se détacher de l'écran. Aujourd'hui, elle avait changé. Si son entourage lui affirmait à juste titre qu'elle était encore fort belle, ses soixante-six ans lui pesaient néanmoins dans son métier où l'image est souveraine.

Seule dans sa chambre au décor sobre mais raffiné, elle soupira et se tourna vers la penderie. D'un geste, elle en fit coulisser les portes et détailla son contenu. Sa garde-robe, comme les rôles qu'on lui proposait, avait évolué avec l'âge. Jouvencelle, séductrice, femme d'affaires, mère dévouée... à présent elle redoutait de jouer les grand-mères. À ses débuts dans une troupe de théâtre amateur, Marianne n'avait pas vingt ans et chaque tenue lui allait à ravir. Elle portait volontiers de petites robes cintrées qui soulignaient sa taille menue. Avec le temps, elle s'était épaissie et certaines tenues lui étaient dorénavant déconseillées. Issue d'une famille aisée, son éducation bourgeoise lui avait appris à se vêtir avec une attention particulière et elle faisait toujours preuve d'une rare élégance. Elle tenait à ce que sa mise soit impeccable. Elle devait d'ailleurs à son allure distinguée son premier rôle au cinéma. Le réalisateur l'avait remarquée sur scène avant de succomber à la suavité de sa diction. Atout majeur dans sa quête de notoriété, sa voix grave au timbre identifiable lui permit de marquer les esprits et le public la plébiscita immédiatement. De film en film, elle promena sa beauté glacée, orgueilleuse ; or son air faussement détaché n'était qu'une façon de se protéger en masquant sa timidité. Son attitude lui valut d'interpréter nombre d'enjôleuses fatales ou inaccessibles. Cependant cette illusion ne l'aida pas dans sa vie personnelle car les hommes n'osaient l'approcher de crainte de se voir ignorés ou sèchement éconduire, tandis que pour sa part, directe et pleine d'humour, en total décalage avec ce qu'elle laissait paraître, elle n'attendait que d'être séduite.

Son premier mari l'avait vite compris. Cinéaste de quinze ans son aîné, touché par la douceur de Marianne et sa grâce juvénile, Pierre en avait fait sa muse à l'écran avant de l'épouser l'année suivante. Il s'appliqua dans chacun de ses films à mettre en valeur l'actrice, dont la carrière connut un essor considérable. Elle tourna bientôt sous la direction d'autres metteurs en scène mais n'omettait pas de consulter son époux quant au choix de ses rôles. Peu à peu ce qui les avait rapprochés finit par les éloigner : leur différence d'âge creusa un fossé d'incompréhension entre eux et leurs divergences devinrent irréconciliables. La naissance de leur fils David n'y changea rien. Au bout de cinq ans, ils ne purent que constater le naufrage de leur couple.

Marianne s'empara du cadre photo ciselé d'or posé sur la commode. Un portrait de son deuxième époux y avait remplacé celui de Pierre : six mois après son divorce, elle avait rencontré André lors d'un séjour à Tokyo. Chanteur lyrique renommé, il interprétait sur les plus grandes scènes japonaises le personnage de Guglielmo dans *Così fan tutte*. Troublée par son jeu et sa voix de baryton, Marianne passa le reste de ses vacances à tenter de faire sa connaissance par le biais de relations communes. Lorsqu'elle y parvint, les deux comédiens ne se quittèrent plus. Prudente après son premier échec conjugal, elle éluda plusieurs années les propositions enflammées de son compagnon, attendant de voir comment évoluait leur liaison pour consentir à se remarier. Une fois leur décision prise, l'union de la Beauté et du Talent fit les gros titres et beaucoup d'envieux. Marianne aurait préféré qu'on lui attribue le talent mais se résigna à laisser dire, sur les conseils de son entourage. Afin qu'elle ne provoque pas de tapage en exprimant sa colère aux journalistes comme elle en avait l'intention, l'argument était toujours le même : *Ce ne sont que des mots... Toi, tu sais ce que tu vaux.* Elle savait surtout que le jugement d'autrui pèse plus qu'une dalle de béton. Marianne et André étaient jeunes, fringants, riches et amoureux – la combinaison médiatique parfaite. Optant pour la discrétion, ils prenaient soin de n'évoquer l'autre en public qu'en de rares occasions et ils accueillirent leur fille Elizabeth dans le plus grand secret. Marianne se contenta de délaisser les écrans le temps de sa grossesse, prétextant un repos forcé consécutif à un tournage éprouvant. S'ils consentirent à un magazine sérieux quelques rares clichés de leur nourrisson, ce n'était que dans l'espoir d'apaiser les curiosités et endiguer ainsi toute sollicitation ultérieure de la part des journalistes. Le stratagème fonctionna à merveille et les nouveaux parents purent enfin profiter de la tranquillité habituellement réservée aux anonymes.

Marianne caressa le cadre du bout des doigts avant de le reposer dans un soupir. Il ne contenait plus aujourd'hui l'image d'André, mais celle de Jacques, qu'elle avait épousé en troisièmes noces. Son mariage avec André était mort subitement des suites d'une séance photo dans les années quatre-vingt. En y repensant, Marianne s'assit au bord du lit et contempla sur le marbre de la cheminée ses deux prix d'interprétation – montés en chandeliers, parce que snober son succès était alors du dernier chic – reçus sous les ovations d'admirateurs qu'elle avait dû reconquérir après l'arrivée d'Elizabeth dans sa vie. Un congé sabbatique de trois ans lui avait permis d'accompagner son bébé dans les premières étapes de la vie, en contrepartie d'une lente mais tenace désaffection d'un public versatile et volage. À l'indifférence générale, la farouche actrice autrefois adulée sombra dans l'oubli, faute de monopoliser l'attention. Désespérée par cet abandon auquel elle ne pouvait se résoudre, elle consentit alors de poser pour un magazine de charme. Le scandale qui s'ensuivit mit son nom sur toutes les lèvres et relança sa carrière. Bien que dénudées, ses photographies demeuraient artistiques et avaient été largement commentées dans le pays, voire au-delà. Si d'aucuns affirmaient que Marianne ne manquait pas de cran, l'intéressée, pour sa part, ne comprit jamais ce qu'il y avait de rebelle dans l'exposition sublimée d'un corps de trente-quatre ans, svelte et tonique. L'émoi suscité par ces images ne faisait selon elle que refléter l'hypocrisie d'une société voyeuse qui dissimulait sa honte sous le masque de la bienséance. Hélas, André désapprouvait. Il supportait difficilement de devoir la *partager* avec des inconnus dont il ne pouvait s'empêcher d'imaginer la lubricité, quand leurs regards avides glissaient sur le corps de *sa* femme. Le chanteur lyrique se voyait comme le mari déshonoré de ces opéras-bouffes où le moindre signe d'émancipation féminine ridiculise la virilité de celui qui croit avoir des droits sur son épouse. Ce profond désaccord dans le couple en révéla d'autres et André finit par se consoler dans les bras d'une cantatrice trop heureuse de lui plaire. Il abandonna Marianne à la fin d'un dîner de fâcheuse mémoire où, ulcéré, il demanda l'addition et le divorce dans la foulée.

Marianne serra les poings et se leva brusquement pour se rendre dans l'immense salon baigné de lumière. Elle demeura un moment debout devant la baie vitrée. Le crépuscule approchait.

Songeuse, elle triturait son alliance. Elle hésitait sur la suite à donner aux récents événements et ce voyage contraint en terre du souvenir ne lui plaisait qu'à moitié. Ce soir, tout refaisait surface à son cœur défendant mais il n'était plus temps de se mentir, l'oncologue n'en avait pas fait mystère. Pourrait-elle tolérer le protocole et ses redoutables effets secondaires ? En avait-elle seulement envie ? Accablée à cette idée, elle se laissa choir dans le confortable sofa près d'elle. Baissant les yeux, elle fixa l'anneau de diamants à son annulaire. Jacques lui apportait beaucoup, peut-être parce que contrairement à ses deux précédents maris, il n'était *pas du métier*, comme il le précisait d'entrée lorsqu'elle lui présentait quelqu'un. Chef du service addictologie d'un hôpital réputé, il brillait souvent par son absence mais faisait tout son possible pour se rattraper durant ses rares périodes de liberté.

Il l'avait contemplée tant de fois sur scène ou à l'écran qu'il l'avait immédiatement reconnue quand elle lui avait été adressée sous un nom d'emprunt au début des années quatre-vingt-dix. Marianne remarqua vite dans son regard l'étincelle familière de l'admiration, mais Jacques eut le tact de jouer le jeu et, conformément à ce qu'indiquait le formulaire qui lui avait été transmis, l'appelait Marjorie sans affectation aucune. Après des semaines de thérapie, constatant la réciprocité de son attachement, le médecin transmit le dossier à une consœur et, affranchi du code déontologique, put se rapprocher de celle qui n'était plus sa patiente. Auprès de lui, la comédienne qui aimait rire et avait eu par le passé tellement envie de s'amuser, n'était pas déçue. Jacques lui redonna le goût de vivre en lui faisant d'abord passer celui de l'alcool, et malgré de pénibles rechutes, elle conserva son indéfectible soutien. À présent, comprendrait-il son choix ?

Elle eut furieusement besoin d'un verre. Marianne se leva pour aller dans le bureau attenant où elle entreprit d'ôter quelques livres d'une étagère pour dégager la bouteille de whisky qu'ils dissimulaient. Elle retourna au salon, prit au passage un gobelet en cristal dans la vitrine murale et se rassit dans le canapé. Elle remplit son verre en chassant de son esprit les furtives gorgées qu'elle avalait en cachette depuis sa visite chez le cancérologue, deux semaines plus tôt. Inutile de se cacher aujourd'hui puisqu'elle était seule à la maison, une fois de plus. Jacques était à Londres pour un congrès dont il ne reviendrait que le surlendemain et Nicolas, leur fils, vivait à Paris où il étudiait la médecine sur les traces de son père. Il avait déserté le nid, à l'instar de ses aînés. Marianne s'installa confortablement afin de savourer son breuvage interdit qui lui brûlait le larynx tout en appelant d'autres rasades. L'alcool avait jalonné sa carrière, c'était un ennemi notoire contre lequel elle avait alterné victoires et défaites depuis plus de quatre décennies. Marianne se rappelait parfaitement le jour où elle avait commencé à trouver du réconfort au fond d'une bouteille. À l'orée du succès, la prometteuse comédienne s'était fait avorter – sans sortir indemne de l'épreuve, qui l'avait poursuivie sa vie entière. Blessée dans sa chair comme dans son cœur, elle ne se remit jamais de son geste.

Les circonstances qui l'avaient poussée à prendre cette lourde décision étaient d'une triste banalité. Enceinte de son petit ami, Marianne dut choisir entre un avenir incertain auprès d'un garçon immature qui se prenait pour James Dean, et les multiples encouragements qu'elle recevait au sein de sa troupe de théâtre amateur où elle éclipsait déjà les autres par sa beauté et le naturel de son jeu. L'intransigeance de l'époque envers celles que la société nommait âprement *filles mères* et la persuasion de ses propres parents à qui elle avait réussi à confier sa détresse finirent de l'emporter sur les éventuels liens que la jeune Marianne aurait pu tisser avec l'embryon qu'elle portait. Elle rompit donc avec son partenaire à qui elle tut la situation et ses conséquences, puis fut discrètement conduite chez Joséphine, une vieille femme dont elle ne se rappelait que les longs cheveux blancs remontés en chignon et la froideur de sa table de cuisine. La faiseuse d'anges exécuta sa besogne, laissant Marianne repartir libérée de son problème mais dévastée. Cette nuit-là, la jeune fille étourdit son chagrin et sa douleur dans le vin. Par la suite, se glisser dans la peau des autres lui permit d'occulter ponctuellement cet épisode. Investie dans sa fuite du réel, Marianne se plongea dans le travail. Sans relâche, elle affina et nuança son interprétation. Devenue populaire, son talent reconnu et son rêve accompli, Marianne regretta son choix passé. Elle eut le sentiment d'avoir trop sacrifié à son métier. En son for intérieur elle savait qu'elle aurait été en mesure d'accueillir cet enfant, même avec maladresse, elle n'avait pas l'excuse du Malheur contraignant d'autres femmes à interrompre leur grossesse. Convaincue que disposer de son corps est un droit inaliénable, elle cosigna des années plus tard le fameux « Manifeste des 343 » au risque de s'exposer à la vindicte, tant judiciaire que populaire. Son tourment était autre, elle se blâmait d'avoir opté pour ce qu'elle considérait comme la facilité. Elle avait éradiqué ce bébé en devenir par ambition, parce qu'il représentait un obstacle sur sa route vers la gloire. Le qu'en-dira-t-on qui tétanisait ses parents n'avait aucune prise sur elle ; en revanche, aurait-elle pu, si jeune, se consacrer à sa passion avec la responsabilité d'une bouche à nourrir ? Elle serait devenue vendeuse à plein temps dans la boutique de vêtements de sa tante au lieu d'y travailler en fins de semaine comme elle le fit pour se payer des cours de théâtre. Elle avait résolu de devenir actrice et y était parvenue, quitte à se perdre un peu en route. Si la fougue de ses tendres années la propulsa vers des jours meilleurs, la naissance de chacun de ses enfants raviva le remords qui ne l'avait jamais lâchée et croissait en elle à mesure qu'elle avançait en âge. Elle songeait de plus en plus souvent à cet enfant jamais né auquel elle n'avait laissé aucune chance, consciente de ne pouvoir racheter son renoncement d'antan qu'elle considérait comme sa Faute, ni retrouver l'Absent définitivement perdu. Lorsque la honte se faisait trop cuisante, Marianne l'arrosait d'alcool fort.

Grisée, Marianne se servit un énième verre qu'elle but d'une traite, allongea les jambes sur le divan pour mieux profiter de l'engourdissement salvateur provoqué par le scotch qui noyait les souvenirs désagréables. Sa première gueule de bois, épouvantable, lui avait intimé de modérer sa soif d'oublier. Depuis elle buvait juste assez pour s'abrutir sans se rendre malade. Quand il lui devint impossible de masquer certaines rides, boire était devenu un dérivatif non seulement acceptable mais efficace. Elle recevait moins de scénarios, les réalisateurs ne se bousculaient plus pour la faire tourner, les messages laissés sur son répondeur se raréfiaient. Sa carrière amorçait l'inévitable phase de déclin. Marianne était trop intelligente pour ne pas voir le lien avec le fameux cap des cinquante ans qu'elle venait de franchir. Des productions dans lesquelles elle apparaissait furent des échecs complets, elle eut moins d'occasions de travailler et l'oisiveté réveilla ses plaies. Elle prit l'habitude de recourir à l'alcool aux réceptions, galas ou autres festivals pour soutenir les regards, tantôt fuyants, tantôt exagérément flatteurs. Elle observait à son tour les autres jouer plus ou moins bien la comédie en sa présence. Une fois rentrée seule chez elle, pelotonnée au creux de son fauteuil préféré, Marianne s'enivrait jusqu'au besoin impérieux de s'endormir sans rêve.

Certaines périodes de son existence avaient été plus faciles à gérer que d'autres, Marianne n'avait pas toujours requis le nébuleux réconfort d'une liqueur ardente. Entourée de sa famille ou absorbée par son personnage sur les plateaux de cinéma, Marianne n'éprouvait pas cette peur qui l'assaillait lorsqu'elle se sentait seule ou en compagnie d'étrangers. Vue de l'extérieur, l'actrice comblée suscitait les convoitises, or la solitude ne l'accablait jamais tant qu'au milieu d'une foule d'inconnus. Sans repères, rongée par le trac, elle devait sourire et plaire en toutes circonstances, répondre à la presse, saluer ses fans, poser pour les photographes et l'aspect promotionnel de son travail finissait par la rebuter. Qu'elle le veuille ou non, les regards étaient braqués sur elle tels des projecteurs sondant la moindre imperfection causée par le temps, hurlant combien elle s'était flétrie depuis ses débuts. S'alcooliser la rendait capable d'endiguer ses pensées et cautionner les faux-semblants dont elle n'était pas dupe. Au fil des ans, le nombre de personnes qui l'attendaient à chacune de ses sorties s'était réduit au point de la persuader qu'elle n'intéressait plus grand monde. Les femmes qui la copiaient et les hommes qui la désiraient étaient passés à autre chose – ils avaient trouvé de nouvelles idoles jetables à vénérer puis délaisser au profit du néant.

Marianne se redressa trop vite sur le sofa. Prise de vertige, elle patienta avant de se pencher pour attraper le magazine *people* posé sur la table basse. Elle le feuilleta brièvement afin de vérifier ce qu'elle savait déjà pour l'avoir parcouru la veille : elle n'y figurait pas. Ni photographie, ni article, pas même un entrefilet, son nom n'était pas mentionné. Elle s'attarda sur les visages de ceux qui jouissaient du privilège de se voir réclamés. Chaque image transpirait jeunesse et glamour, soulignait le contenant aux dépens du contenu. Ainsi allait le monde à présent, qui, oublieux de son passé, se précipitait vers l'abîme avec pertes et fracas, sans cesser de sourire pour la photo. Marianne songea amèrement qu'il valait mieux ne pas s'obstiner, elle avait perdu la partie. Elle n'était plus la même, son pouls la trahissait parfois, elle souffrait de rhumatismes et de douleurs d'origines inconnues qui ravageaient son corps. Son être se dérobait peu à peu, la laissant orpheline de cette vie lumineuse qui s'effaçait sur la pointe des pieds, comme un amant indélicat s'éloigne sans en avoir l'air. Embrumée, elle peina à s'extraire du canapé. Le sol tanguait. Proche du malaise, elle tituba avant de s'immobiliser contre un mur. Elle ferma les yeux. Comme souvent quand le corps lâche, l'esprit lui emboîte le pas, et le sien s'aventura à ressasser une mauvaise expérience. Depuis la confirmation de sa maladie, Marianne avait reçu un vilain coup, de ceux qui font crier grâce avant l'effondrement.

La semaine précédente elle revenait du marché, cabas à la main et lunettes de soleil sur le nez, lorsqu'une jeune fille, peut-être âgée d'une vingtaine d'années, l'avait abordée d'un air timide. Flattée d'être reconnue par la jeune génération, Marianne s'arrêta volontiers pour discuter. La conversation fut brève mais marqua davantage sa mémoire qu'elle ne l'aurait voulu. La demoiselle, prénommée Laura, n'en revenait pas de croiser ainsi par hasard *Madame Frecher, la plus grande actrice française.* Pleine de fierté, Marianne se montra avenante et enjouée. Sa simplicité encouragea Laura qui extirpa un stylo et un calepin de son sac à dos pour demander poliment un autographe. Ravie, la comédienne s'apprêtait à écrire quand une précision l'interrompit dans son élan : « Mettez pour Évelyne, s'il vous plaît. C'est ma grand-mère, elle vous adore depuis toujours ! » Le sourire de Marianne tourna au rictus. Ces paroles, bien qu'anodines, lui firent l'effet d'une injection de curare. Elles lui coupèrent le souffle et la paralysèrent, pantoise face à la preuve formelle de sa fanaison. Inconsciente du ravage qu'elle provoquait, Laura poursuivit, sûre de son compliment : « Son préféré, c'est *À l'aube de nos amours*, elle le visionne régulièrement... Comme vous étiez belle, dans ce film ! » Ce furent les mots de trop. Pire que d'être confondue avec une autre, ce qui arrivait parfois, l'évocation de sa beauté au passé acheva d'ouvrir la brèche qu'elle portait en elle depuis qu'elle avait vu cette hideuse caricature dans un reportage qui lui était consacré.

Le *fan* qui l'avait dessinée s'était inspiré d'un récent cliché d'elle au pied des marches du festival de Cannes, et en avait exagéré les traits, accentuant les creux, les cernes et ce que la maigreur obsessionnelle pouvait infliger de disgracieux au visage et au corps d'une femme mûre. Marianne, dont le sens de l'humour s'était brusquement évanoui, fut horrifiée de se voir représentée ainsi, mais n'osa en parler à personne. À quoi bon lutter ? Son physique, sa grâce, son pouvoir de séduction sur lesquels elle avait bâti sa carrière au prix d'immenses sacrifices, s'étaient peu à peu effrités. Ce qui lui restait n'avait pas d'avenir. Troublée par ce constat, Marianne prit congé de son admiratrice par procuration sur un sourire de composition aussi factice que sa joie de vivre.

Dans le salon, le silence l'oppressa soudain et elle manqua d'air. Marianne poussa la baie vitrée, traversa la terrasse d'un pas mal assuré et déverrouilla d'une main tremblante le portail qui donnait sur l'escalier de pierre menant à la plage privée en contrebas. Cette vue éblouissante sur la Méditerranée l'avait de suite captivée au point d'acquérir cette maison dès la première visite et refuser de voir les autres résidences sélectionnées par l'agence immobilière. Elle avait choisi pour refuge cette somptueuse propriété en Corse parce qu'elle s'y sentait libre et sereine, à l'abri des curieux. À cet instant, elle n'en éprouvait plus l'effet protecteur, elle ne ressentait rien. D'une démarche vacillante, Marianne entreprit de descendre jusqu'au sable tiédi par le soleil. Fixant l'horizon, elle ôta ses chaussures et avança vers la mer. Le calme régnait, hormis le ronronnement apaisant des vagues qui roulaient à ses pieds pour y mourir, puis se retiraient avant de revenir dans une inlassable valse-hésitation. Les paroles de la chanson *Avec le temps* de Léo Ferré lui vinrent à l'esprit : « Avec le temps, avec le temps va tout s'en va, le cœur quand ça bat plus, c'est pas la peine d'aller chercher plus loin, faut laisser faire et c'est très bien... ». Des larmes coulaient sur ses joues mais Marianne ne semblait pas les sentir. Elle prit une profonde inspiration et s'enfonça dans la mer. Le contact de l'eau froide acheva d'engourdir son corps, agissant comme l'alcool l'avait fait plus tôt sur son discernement. Quand elle perdit pied, Marianne se mit à nager aussi loin que ses forces le lui permirent, abandonnant derrière elle le passé et ce métier exigeant qui avait dévoré son aptitude au bonheur. Elle nagea jusqu'à l'épuisement avant de disparaître dans un souffle, submergée par cette existence dont elle ne voulait plus. On croirait à un accident ; le mystère lui semblait plus digne que d'être retrouvée inanimée chez elle.

Toute à sa volonté d'en finir, Marianne Frecher ne se doutait pas que sa mort aussi tragique qu'inexpliquée allait entretenir sa légende et lui offrir l'accès à la postérité. Après des années de lutte pour rester dans la lumière, l'artiste avait quitté la scène en soignant sa sortie, éternellement triomphale.

**TABLE**

| | |
|---|---|
| La fin du monde | 7 |
| Envieuse | 27 |
| Carpe mortem | 43 |
| Pas un chat | 77 |
| L'amère surprise | 101 |
| Plastic maboroshi | 143 |
| Le miroir | 159 |
| Une chance insolente | 185 |
| Soudain, l'orage | 199 |
| Projecteurs | 217 |

# CONTACT

Par courriel :

gwenaellepontivy@gmail.com

Sur Instagram :

https://www.instagram.com/gwenaellepontivy/